COMME
ON DINE A PARIS

PAR

JACQUES ARAGO.

PARIS

BERQUET ET PÉTION, ÉDITEURS,

Libraires-Commissionnaires,

11, RUE DU JARDINET.

1842

PRÉFACE.

Si j'ai reçu quelques paroles bien-
veillantes du public et de la criti-
que en échange du petit volume
Comme on dîne partout, que je leur
ai servi il y a deux mois à peine, il
est juste que je dise aussi combien

de graves, de sévères reproches m'ont été adressés pour n'avoir pas tenu toutes mes promesses; mon sommeil en a été troublé.

« Eh quoi! s'est-on écrié, vous vous vantez de nous apprendre comme on dîne partout, et vous comptez pour rien les magnifiques capitaleseuropéennes! Grâce à vous, nous savons aujourd'hui comme on dîne au Brésil, en Chine, chez les Patagons, chez les Caffres, les Carolins, les Hottentots, les anthropophages, et vous ne consacrez pas une ligne, une seule ligne à la manière de dîner des Français, des Russes, des Anglais, des Espagnols, des Italiens, des Allemands et des Portugais! Mais, notre maître, vous êtes un singulier narrateur! vous nous donnez des pommes de terre après nous avoir promis des truffes; merci du cadeau! Brillat-Savarin et Berchoux nous en montrent mille fois plus que vous. »

Voilà pourtant à quoi s'expose celui qui écrit des livres et qui a la prétention de se faire lire.

Et d'abord, mes chers Aristarques, permettez-moi de vous répondre que le métier d'écrivain serait le plus sot de tous s'il ne devait vous apprendre quelque chose. Or, vous savez sans doute comme on dîne chez vous, et dès lors ma tâche m'a été dictée, car vous n'êtes pas venus, casaniers insouciants, visiter à mes côtés les zones torrides ou glaciales, les archipels de toutes les mers, et affronter les tempêtes de tous les océans... Vous avez bien d'autres études à faire, ma foi!.....

Eh bien! je vous donne encore ici un démenti formel, et je vous déclare que je prends la plume pour vous prouver que vous ne savez pas comme on dîne chez vous; chez vous, entendez-vous bien?

Paris est grand, n'est-ce pas? Que de luxe! que de misère! que de prodigalités! que d'avarice et d'égoïsme! Suivez-moi encore dans ces pages toutes vraies, toutes écrites en présence des tableaux que j'esquisse, et dites-moi, après les avoir lues, si je ne vous ai pas initiés à des mystères ignorés de vous jusqu'à ce jour.

Que de gens qui ouvrent les yeux sans voir! Vous êtes de ce nombre, désœuvrés de la grande cité! Je vais vous faire rougir de votre ignorance.

Qui sait encore! peut-être ces pages vous donneront-elles un peu de pitié pour celui qui souffre et ne dîne pas, quand vous vous enivrez en face d'un splendide festin.

Je bénirai alors mon travail, et c'est moi qui vous dirai : *Dieu vous le rende*, si vous donnez l'obole au mendiant qui tend la main, si vous envoyez du pain au pauvre honteux qui vous implore du regard.

Bélisaire est quêteur, mes frères : je quête un sou, un quatrini, un schelling. un maravédis, des souliers, une chemise pour tout homme qui a faim, pour tout être qui a froid.

UN MOT ENCORE.

Un mot encore.

Je ne vous parlerai pas dans ce livre
de ces pauvres êtres, hélas! trop nombreux parmi nous, sur qui la fatalité a
appesanti sa main de fer, infortunés sans
parents, sans amis, qui n'ont pas dîné la
veille, qui ne dînent pas aujourd'hui et
ne dîneront pas demain.

Pour eux le désespoir et les flots de la Seine! sur eux nos prières et le pardon de Dieu !

Là pourtant est le vice capital de notre société, pétrie d'égoïsme. Honte et malheur au riche qui ne donne pas!

Parlons de l'homme qui dîne, qui vit et qui acquiert des forces pour souffrir, travailler et aimer.

Je vais vous montrer Paris en miniature sous son point de vue le plus régulier, le Paris qui commence pareil à celui qui vient de finir; Paris monté comme une horloge de Lepaute ou une montre de Bréguet; Paris réglant pour ainsi dire le soleil. Venez, suivez-moi dans mes courses de curieux et de moraliste ; je vous initierai à bien des secrets intéressants qui, je l'espère, ne seront pas sans charmes pour vos vieux souvenirs.

Je ne suis pas de ceux qui tombent de haut et qui descendent des cimes escarpées et neigeuses pour se promener plus tard dans les profondes et riantes vallées ; mais de ceux qui partent de bien bas et se plaisent à gravir les crêtes les plus aiguës.

D'abord le pauvre, puis le riche ; donnons aujourd'hui le pas à l'indigence, elle ne se traîne que trop souvent derrière nous.

Je sais bien que vous repoussez du pied l'homme en guenilles qui ne descend pas

du trottoir pour vous laisser un passage
libre ; je vous ai vus souvent, messieurs
les riches , stimuler du fouet et de la voix
votre rapide coursier, au risque de ren-
verser sur la route l'enfant du pauvre qui
balaie un sentier pour gagner un sou,
et ne point vous arrêter pour tendre une
main secourable au vieillard que les roues
de votre carrosse viennent de meurtrir.

Que voulez-vous ! ces choses-là me bri-
sent le cœur , et si j'étais fort et puissant,
je saurais bien vous contraindre au repentir , car je suis juste, et ma justice
vous infligerait un rude châtiment.

Mon petit volume n'aura pas toujours
cette teinte de malheur qui colore ses
premières pages ; il y aura çà et là de la

gaîté, quelques grains de folie; il y aura le désordre du dîner, le délire de l'orgie échevelée, comme disent tous ceux qui écrivent, et si j'achève ma course par les tableaux les plus excentriques, c'est encore de l'humanité. Le rire, c'est le bonheur, et quand on est heureux, on doit craindre de voir souffrir.

La faim est une cruelle torture, ô mes amis! je vous apprendrai, moi, ce que l'on souffre de tiraillements lorsqu'une soif ardente vous arrive au milieu d'un désert, quand l'horizon est immense et qu'au-delà de cet horizon l'intelligent dromadaire n'a pas deviné la source et l'oasis.

— Milord! milord! disait un pauvre

2

d'une voix affaiblie à un gros Anglais tout repu d'un grand dîner chez Véry. Milord ! par pitié, un sou, j'ai bien faim !

— Tu es bien heureux d'avoir faim, drôle ! Je n'ai jamais eu le bonheur d'avoir faim, moi...

Voyez pourtant de quelle jouissance le riche est privé : il n'a jamais eu faim, lui. Plaignons le riche.

Se je voulais, j'aurais bien des choses à vous dire encore sur les infortunes de l'opulence, mais je vous ai promis d'autres épisodes. J'entre en matière.

Suivez-moi donc.

DINER A LA RECHERCHE.

I

Dîner à la Recherche.

C'est le premier de tous, celui qui ne coûte rien , dit l'opulence ; celui qu'il est le plus facile de se procurer, celui qui rend le rayon du soleil plus chaud, l'azur du ciel plus bleu, la limpidité des eaux plus trans-parente, la teinte de la verdure plus suave, le parfum de la fleur plus caressant, la vie plus douce.

Hélas! dit la philosophie, c'est le dîner qui tue le plus vite, c'est celui qui fait douter de la tendresse, de la pitié des hommes, c'est celui qui conduit au crime, à l'échafaud, c'est celui qui jette le plus de cadavres à la Seine: car il ne vient pas toujours à l'appel du malheureux, et il le laisse se tordre dans le supplice de la faim.

Ah! si vous saviez combien il y a d'infortunés dans Paris qui se réveillent sans savoir où ni comment ils dîneront, où ni comment ils reposeront leur tête pendant les courtes heures si joyeuses pour la richesse et l'égoïsme, si lentes, si corrosives, si mortelles pour ces pauvres abandonnés de Dieu, n'ayant jamais bu leur soif ni mangé leur faim!

Ne me dites pas que ma phrase n'est pas courte, car je vous maudirais ; ce ne sont pas des mots que je trace ici, ce sont des choses cruelles, poignantes que j'indique du doigt à vos cœurs sans battements, à vos âmes sans émotions. Ce n'est pas de moi qu'il est ici question, c'est de ces êtres chétifs, à la démarche chancelante, au teint hâve, aux yeux creux et vitrifiés, au front ridé avant l'âge, aux vêtements en lambeaux, à la poitrine haletante. Suivez-les avec moi et prenez-les en pitié : Dieu vous en tiendra compte dans l'éternité des siècles.

Il se lève, lui ; il a ouvert les yeux au jour, c'est-à-dire à la souffrance ; il s'est écrié : Pitié, Dieu de miséricorde ! Et il a visité le coin de la borne, près de laquelle a déjà passé le chien errant. Il y cherche le

reste dédaigné par le quadrupède, le malheureux délaissé! Il n'aura rien peut-être, et il
s'acheminera lentement vers des parages plus
favorables, aux environs d'un charcutier ou
d'un boulanger, d'où peuvent tomber sur le
sol quelques os, quelques miettes, quelques
croûtes de pain moisi.

Voilà sa pâture, voilà son repas de chaque
jour, voilà son existence depuis que sa mère
est morte en lui donnant un frère ou une
sœur! depuis que son père a laissé sa vie à
la frontière en défendant son pays, depuis
qu'il s'est trouvé seul, seul au monde!

Et ne vous écriez pas que c'est un paresseux qu'il faut enfermer; il a demandé de
l'ouvrage, une pelle, un balai, une brouette,
une truelle; on lui a tout refusé en l'appe-
lant paresseux, on l'a poussé du pied et on

l'a jeté dans la rue par un de ces temps rigoureux qui racornissent les membres et tuent jusqu'à l'espérance.

Ici, comme dans tout pays civilisé, qui manque totalement d'argent manque totalement de moyens d'en acquérir. Rien n'est plus facile à gagner qu'un million, rien n'est plus difficile à gagner qu'un petit écu.

Riches, donnez un sou au mendiant honteux qui ne tend pas la main quand vous passez auprès de lui, car il a le front courbé et ses yeux ne regardent qu'à vos pieds. Riches, donnez à cet être souffreteux, errant et se brisant au mal, puisque vous faites assister à vos repas les dogues de votre basse-cour, les barbets de vos femmes, et que cet infortuné qui chemine à vos côtés est un homme.

Un homme, entendez-vous? un homme!

Riches, donnez un sou à cet homme, et les
flots jaunâtres de la Seine charrieront demain un cadavre de moins dans leurs plis
dévorants.

C'est bien peu un sou, c'est beaucoup;
car ce sou procurera du pain à qui ne se nourrit que de trognons de choux ou de pommes,
d'os abandonnés, de fruits pourris, de l'eau
de la fontaine.

Un sou donc, et un homme vivra.

Voyez, voyez, mais de loin, de fort loin;
car il faut bien veiller à ce que votre regard
ne soit point méprisant, à ce qu'il ne fasse
pas rougir celui qui a quelque honte à ne
rien posséder de ce que vous possédez, vous,
avec tant d'abondance.

De l'homme qui mendie et qui cherche

au coin d'une borne, vous ne devez voir que la main, si Dieu a mis un peu de générosité dans votre cœur. Voyez : il a convoité à une grande distance ce qui va lui revenir pour son diner.

Le tombereau dévorateur n'a pas encore fait entendre le son monotone de sa cloche ; il disputera quelque chose au tombereau.

Il est là celui qui n'ose demander qu'à la terre, celui qui sait que les hommes ont trop à penser à eux pour penser un peu aux autres.

A ses pieds est un tas d'ordures ; à hauteur de son front sont des affiches de toutes couleurs :

« Mille francs de récompense à qui trouvera un diamant perdu. — Récompense honnête à qui rapportera telle part un porte-

feuille contenant dix billets de banque... »
Tout se perd maintenant à Paris, tout, excepté la charité, qui est perdue depuis bien
long-temps.

Le pauvre fait semblant de lire, de s'in-
téresser aux choses qu'on lui annonce, sa
tête est droite, ses yeux seuls visitent le sol,
et de temps à autre il regarde à droite et à
gauche si on l'épie, si on suit ses mouve-
ments. C'est à présent qu'il voudrait être
seul ! Son pied foule pour ainsi dire machi-
nalement les débris qui cerclent la borne.
O bonheur ! une pomme gâtée !... un os dé-
pouillé !... une croûte sèche ! Merci, ô mon
Dieu ! Je te bénis, ô Dieu tout-puissant !

Le pauvre laisse tomber le morceau de
linge qui lui sert de mouchoir ; il se baisse
pour le ramasser, et il ramasse avec lui la

riche pitance que le ciel généreux vient de lui offrir.

Demain ce sera à recommencer, car cet homme ne veut point de prison pour asile ; et si on le trouve mendiant dans les rues, on l'enfermera derrière de hautes murailles et de solides verrous. Il a besoin d'air et de liberté, et voilà pourquoi il ne dit pas à l'inspecteur qui passe, à la patrouille qui se promène, à l'homme de garde qui le cherche : Arrêtez-moi, car j'ai faim.

DINER A LA PÊCHE.

II

Dîner à la Pêche.

Paris est la capitale des merveilles, le naturel même y semble étrange, et l'étrange y est incroyable.

J'ai vu les principales villes de presque tous les royaumes, j'ai sillonné tous les océans, visité tous les archipels, et j'en reviens toujours à Paris quand je veux décrire des phénomènes.

Vous me dites que je n'y trouve pas d'an-thropophages... Aveugles! dans nul pays de la terre vous ne rencontrerez d'hommes plus empressés à se dévorer les uns les autres : la nouvelle Lutèce est peuplée de cannibales, et l'on ne s'y nourrit que d'entre-côtes de jeunes garçons, et de biftecks de jeunes filles.

Les pauvres diables dont je vais vous par-er sont moins goulus, mais non moins sy-barites. Eux, voyez-vous, pourvu qu'il leur soit permis de mordre dans un lambeau de viande coriace, sur le pouce, ils se trouvent satisfaits ; et ils seraient heureux si, pour le lendemain, une semblable pitance leur était assurée... Du pain, un morceau de bœuf ou de porc, un demi-verre de vin, voilà ce qu'ils demandent à Dieu, voilà souvent ce que les hommes leur refusent...

Dieu est juste et l'éternité bien longue.

Écoutez maintenant ; car c'est encore un des curieux dîners que je vous ai promis, une de ces scènes de la vie de Paris où le travail et la misère luttent avec ferveur et persévérance contre la disette qui s'attache au pauvre sans relâche.

Eh bon Dieu ! les tableaux du prodigue vont se dérouler bientôt à vos regards ; les ronces du chemin font trouver l'arrivée plus heureuse.

Là-haut, vers le sommet de la rue Roche-chouart, à gauche, dans une sorte d'impasse, est une grande maison avec cour et jardin où se rendent les Auvergnats nichant ou per-

chant dans le quartier. On y voit aussi des
manœuvres, des rémouleurs, des chiffon-
niers, hommes et femmes, s'y donnant rendez-vous à la même heure. On y accourt dès
que les cinq centimes sont descendus dans
le gousset. Un vase monstrueux et à moitié
plein de bouillon assez ragoûtant enferme
dans son sein des fragments de bœuf et de
mouton, ou plutôt de vache et de bouc, qui
se promènent tantôt au fond de la marmite,
ou se pavanent vaniteusement à la superficie
du liquide onctueux. C'est tout.

Un convive entre, on l'arme d'une longue
fourchette à trois dents; il la tient perpen-
diculairement à la marmite, il la plonge tout
d'un coup, promptement, sans farfouiller,
la retire, et si avec elle le lambeau de viande
arrive au jour, l'Auvergnat dîne; s'il ne

prend rien et qu'il veuille essayer de rega-
gner son sou perdu à la pêche, il plonge sa
fourchette une seconde fois et recommence
la manœuvre.

Hélas! l'hameçon ne saisit pas toujours la
carpe ou l'anguille; et, il faut le dire à la
honte du destin, le pauvre pêcheur est souvent forcé de revenir plusieurs fois à l'é-
preuve pour ne pas dîner par cœur au milieu
de quelques camarades plus heureux que lui.
Disons aussi, au profit du chef de l'établissement, que lorsqu'un de ses habitués manque
en trois fois la pitance, une quatrième ten-
tative lui est offerte gratis, et il n'est pas
rare qu'on lui en permette une cinquième.
La générosité, qu'on dit de tous les étages,
se loge plus souvent encore sous les toits
qu'au premier ou à l'entresol. C'est que les

vertus montent, et que sous la mansarde on est plus près du ciel.

Presque à l'entrée de ce restaurant à *sainque santim* (orthographe du lieu) est une borne-fontaine d'où tombe à heure fixe une eau pure, fraîche et limpide: c'est le vin du pauvre qui vient dîner à la pêche.

Eh bien! vous ne le croiriez pas : depuis trois générations cet établissement subsiste et prospère; depuis trois générations il a pour chef le plus ancien de la même famille, et la fortune sourit aujourd'hui au patron.

Son aïeul y avait gagné quelque chose ; son père a consolidé cette fortune naissante, et le fils, régnant en 1842, achève ce que ses ancêtres ont si fastueusement commencé; car il m'a fait l'aveu, lors de ma première

visite, qu'il avait déjà cent vingt-cinq francs
à la caisse d'épargnes.

Hélas ! je me hâte d'ajouter que cette opulence du cabaretier à *sainque santim* ne coûte
rien à son repos, n'enlève rien à son sommeil. En été, comme en hiver, soit que les
chaleurs pèsent sur le sol et le crevassent,
soit que le froid enchaîne les rivières, il est
debout à sa porte, en face de son immense
marmite, à cinq heures du matin.

Qu'on dise encore que les richesses sont
sourdes à la voix de l'homme laborieux !

Au surplus, les premiers pas ont été dif-
ficiles, car les convives, peu favorisés par
le sort, brisaient souvent dans leur colère,
au fond de la marmite, la fourchette mala-
droite, de telle sorte que les frais absorbaient
la plus grande partie des bénéfices. Aujour-

d'hui l'instrument est en fer, et le destin peut être impunément cruel envers le pauvre diable, rémouleur ou chiffonnier, qui vient l'interroger après sa course longue et douloureuse.

Que Dieu soutienne le maître de la marmite! Que le ciel protége ceux qui viennent s'asseoir à sa table!

J'ai voulu goûter à la viande qui se promène dans l'élément bourbeux, car j'ai de bonnes et solides dents de requin... Rendez-moi vite les pingoins et les phoques des Malouines dont je me suis nourri pendant trois mois après un terrible naufrage, ou servez-moi une tige de botte, j'en aurai du moins quelques lambeaux.

Pauvres pauvres! que de misères!

DINER A 4 SOUS.

III

Dîner à 4 sous.

Là, tout autour de cette magnifique fontaine des Innocents au pied de laquelle sont
tombés tant de héros de juillet aujourd'hui
revenus de leur généreux enthousiasme, se
voient, plantés en terre, de longs bâtons
surmontés d'immenses parapluies impéné-
trables aux plus rudes averses ; sous cet abri

protecteur se trouvent des tables, des bancs
boiteux, et sur ces bancs boiteux viennent
quotidiennement, de dix à onze et de quatre à
cinq, s'asseoir, se reposer et ressaisir des
forces usées par le travail, des hommes à la
poitrine grêle ou robuste, au teint hâve ou
animé, aux mains calleuses, aux vêtements
usés.

Ils ont pris place; une femme s'élance,
elle passe en présence du visiteur une assiette de terre, une cuiller, un potage aux
choux, un verre de vin, et s'échappe, car
elle a beaucoup de monde à servir. Puis elle
revient, donne une solide tranche de bœuf
avec une pincée de sel et va répéter sa manœuvre à quarante tables pareilles.

L'homme a mangé, il a ravivé ses nerfs
pour la fatigue et la peine : il donne quatre

sous, et le jour suivant ce sera à recommencer.

Si la besogne fait défaut à l'ouvrier, si la fièvre aiguë l'a rivé sur son grabat, femme Robert lui ouvre un crédit, elle devine au premier regard la paresse ou le travail : elle attendra un jour meilleur. Car la femme Robert a connu aussi la souffrance, elle ne voudrait pas d'un salaire qui coûterait un regret, une larme.

Plus de six mille ouvriers vont chaque jour s'asseoir aux bancs de cette femme active et laborieuse qui donne pour vingt centimes un peu de vin, du pain, une soupe, du bœuf, et gagne encore un liard par ration, plus d'un centime, calculez ses bénéfices ! Femme Robert a deux grandes maisons sur le pavé de Paris.

Quand une famille entière va dîner sous les parapluies de la Halle et que l'aubergiste en plein vent est convaincue qu'on ne triche pas dans le ménage, quand elle sait que les enfants ont droit d'appeler le chef qui les conduit leur père, elle ne gagne rien sur la pitance, car la mort aura probablement dans l'année fait brèche dans la famille du pauvre. Ainsi, sur six portions qu'elle sert, elle n'en touche que cinq, et lorsque deux des mioches n'ont pas sept ans accomplis, elle n'en touche que quatre.

Voilà du calcul, n'est-ce pas, mes amis? Convenez avec moi que c'est un calcul qui honore. Oh! la femme Robert est en vénération dans tout le quartier des Innocents, et les ouvriers la saluent de loin quand ils l'aperçoivent trottillant de bonne heure dans

la boue, parce qu'ils savent qu'il y a profit pour eux dans ces courses avant le soleil.

J'allai un jour déguisé en maçon, bras
dessus bras dessous avec le colonel G....,
m'asseoir sur un de ces bancs. Nous fûmes
servis avec dédain et plus tard que d'autres
convives arrivés après nous, car on avait
remarqué la propreté de nos mains et la
blancheur de notre linge, que nous n'avions
pas eu soin de déguiser.

Un homme d'une soixantaine d'années,
à la figure amaigrie et enrichie d'une belle
balafre au front, vient à pas lents, s'assied
près de nous, puis nous regarde et demeure
immobile, comme frappé de stupéfaction. '

— Pourquoi fixez-vous avec tant de cu-
riosité votre œil sur nous? dit mon cama-

rade d'un ton de bonté qui encourageait à une réponse.

— Pardon, colonel; mais je ne croyais pas que vous fussiez manœuvre comme moi.

— Vous me connaissez?

— J'étais à Wagram auprès de vous.

— Ah! oui, c'est toi, mon brave Noël! je t'ai long-temps et vainement cherché.

— C'est moi!

— Tu me sauvas la vie alors, je te serai utile aujourd'hui. Tu ne dîneras plus à quatre sous.

—Impossible, colonel, ma ration est faite, je m'y suis façonné, et je ne veux manger ni plus ni moins que mon camarade Lefèvre.

— Qui est ton camarade Lefèvre?

— Le voilà , le voici, troupier des pieds à la tête inclusivement.

— Tais-toi , Robert, dit Lefèvre.

— Je veux achever mon chapelet , mille baïonnettes ! Figurez-vous , mon colonel, qu'il s'a promené sur les Pyramides d'Égypte, qu'il a-t-été zà Arcole, et tué à côté du tambour d'Augereau.

— N'en croyez rien, colonel, je ne fus que blessé.

— Il dit ça par modestie , mais il fut tué et noyé, comme je l'atteste; c'est pas tout , à Austerlitz, ousque le soleil se leva si beau , il en démolit vingt-deux ; à Wagram, il prit un poste de Prussiens à lui seul ; et à Moscou, c'est lui qui brûla la ville.

— Voilà bien de grandes choses.

— C'est rien pour mon camarade Lefèvre,

qui a reçu plus d'estafilades que je n'ai déchiré de cartouches, et ce qui m'étonne, c'est qu'il n'ait pas une tête de bois, comme il a une jambe.

— Je vois avec plaisir que tu dînes avec un brave

— Robert n'est pas un brave, c'en est deux... et voilà pourquoi je ne veux pas le quitter.

— Eh bien! toi et lui, je vous prends à mon service, non pas comme valets au moins.

— A la bonne heure!

— Lui, il veillera sur mon jardin; toi, veux-tu être concierge de mon hôtel?

— C'est dit, accepté, et Vive l'Empereur!

Les trois vieux soldats ne font pour ainsi dire aujourd'hui qu'une seule famille.

DINER A 8 SOUS.

IV

Dîner à 8 sous.

Vous, brave ouvrier, aux mains raboteu-
s, qui avez rudement travaillé la semaine,
bout à cinq heures du matin, debout en-
re à dix heures du soir, vos doigts se sont
chirés aux angles des cailloux, des moel-
ns ou de la pierre de taille; vos larges épau-

5

les se sont courbées sous de lourds fardeaux, vos reins se sont brisés à peser un palan ou à traîner une massive charrette ; eh bien ! vous avez amplement rempli votre vie, cherchez la récompense de vos fatigues et de vos sueurs. Venez.

Hier vous dînâtes à quatre sous, aujourd'hui vous êtes en gala, vous vous asseyez sur un tabouret, en face d'une table assez polie, sous un plafond, sur un plancher. A la bonne heure ! Votre appétit est aiguisé, votre mioche ne pleure pas, votre ménagère ne vous gronde point. A l'ouvrage !

Un bouillon qui a des yeux équivoques vous est servi dans une assiette creuse de faïence à dessins grossiers, puis on vous apporte une gentille tranche de bœuf assez tendre pour que vous puissiez en venir à bout, ourvu que vos dents et vos mâchoires soient

rt solides. Demandez de la moutarde , on

ous donne du vinaigre.

Le vin est du vinaigre aussi, le pain est

u pain vrai , ni trop tendre ni trop dur ,

ais assez blanc. Puis on vous sert un plat de

gumes , des choux, des carottes, des pom-

es de terre , ou des haricots assaisonnés

vec de la graisse un peu rance. Pour du

in , vous en aviez au dîner à quatre sous ,

ous n'en avez pas au dîner à huit , à moins

ue je ne passe par la rue de Provence, pres-

u'au coin du faubourg Montmartre, ou rue

raversière-Saint-Honoré, n° 16, et que l'on

e me dise que vous êtes sage, économe, labo-

rieux. Je vous tends alors la main , vous em-

plissez votre verre et vous buvez à ma santé.

Merci!

Je fus témoin, il n'y a pas long-temps encore, dans l'établissement dont je vous parle, d'une noce touchante dont il faut que je vous dise l'origine.

Une jeune fille fort jolie, fort propre, mais sous des vêtements plus que modestes, allait là depuis quelques mois, payant ses dîners avec assez de régularité, lorsqu'elle cessa tout à coup ses visites. Près d'elle et feignant de ne pas la voir quoiqu'il en fût vivement épris, un ouvrier ébéniste, désolé de ne plus l'y rencontrer, pria le chef de l'établissement d'aller aux enquêtes. Celui-ci fit si bien qu'il trouva la demeure de Rosalie.

Hélas! la pauvre enfant logeait dans un galetas, et dans son impuissance à payer quatre dîners en retard, elle voulait attendre

une meilleure fortune pour retourner au
restaurant à huit sous. C'était une fille laborieuse, et pourtant elle ne gagnait pas assez
dans sa semaine, car le travail lui faisait
parfois défaut, même pour une nourriture
aussi faible.

L'ouvrier apprit tout cela et s'en réjouit.
Il s'appelait Pierre Lugol. Il s'approcha du
comptoir.

— Vous allez retourner chez cette Rosalie, dit-il au patron, vous lui direz qu'un
homme à son aise, qui sait combien elle est
sage et travailleuse, a payé pour elle chez
vous trois mois de nourriture. Vous ajou-
terez que cet homme ne veut point être
connu, parce qu'on lui prêterait peut-être
des sentiments qu'il n'a pas.

— Et si elle refuse? dit l'aubergiste.

— Vous lui ferez comprendre qu'elle aura tort, et pour gage de ma fidélité à ma parole, je ne viendrai plus chez vous.

— Je ne gagne rien au marché, mais j'accepte, car vous êtes un brave garçon.

— C'est chose convenue.

La jeune fille accepta aussi, car elle était dans le dénuement le plus affreux. Cependant, au bout d'un mois, elle voulut absolument connaitre son bienfaiteur et menaça le patron de ne plus retourner chez lui s'il rejetait sa prière.

— Eh bien! quoique je lui ai donné ma parole, répondit celui-ci, venez, je vais vous conduire moi-même. Comme ça il n'y aura nul danger pour vous. Acceptez-vous?

— Je le veux bien.

Ils partirent et arrivèrent en quelques mi-

nutes en face d'une maison de grêle apparence dans laquelle ils entrèrent par une
porte basse et étroite. C'était au passage de
la Boule-Rouge.

— Comment ! ici un bienfaiteur ! s'écria la
jeune fille.

— Ici même, montons.

On monta en effet un long escalier en colimaçon, on frappa à une porte délabrée ; la
porte s'ouvrit, et l'on vit apparaître un jeune homme pâle, défait, les joues creuses,
les yeux caves, mal vêtu, et sans feu pendant
une saison rigoureuse.

— C'est lui, dit l'aubergiste.

— Vous m'avez trahi, répondit Pierre,
cela n'est pas bien.

— Vous m'avez trompée tous deux, ajou-

la Rosalie toute tremblante et les yeux bais-
sés, c'est plus mal encore.

On s'assit ; un escabeau, une chaise, un
lit, voilà tout le ménage du pauvre ouvrier.
L'explication fut courte ; et quelque soin que
mit Pierre à déguiser sa violente passion
pour Rosalie, elle n'échappa point au cœur
de la pauvre fille. Le brave ouvrier se pri-
vait de nourriture depuis un mois, depuis
un mois il ne mangeait que du pain pour
donner un régal à celle qu'il aimait en silence, et il avait vendu une partie de ses vêtements pour ne pas manquer aux engage-
ments qu'il avait pris avec le gargotier. Celui-ci à son tour voulut montrer la bonté de
son cœur. Il offrit un long crédit, la noce eut
lieu dans son établissement. Par un de ces
bienfaits dont le ciel semble se montrer trop

avare, il est arrivé que la jeune fille n'avait accepté son retour au restaurant à huit sous que parce qu'elle aussi aimait d'une ardente passion l'ouvrier Pierre, qu'elle espérait y rencontrer toujours.

Aujourd'hui le ménage est heureux ; le bonheur est venu frapper à la porte des deux époux, ils lui ont ouvert ; et tous les dimanches, quoiqu'ils soient très à leur aise, ils vont dîner à la rue de Provence, au restaurant à huit sous.

DINER A LA SERINGUE

A 45 CENTIMES.

en emparez et en donnez quelques coups à la
place que vous voulez occuper, afin d'en
chasser les miettes et les débris que votre
prédécesseur peut y avoir laissé tomber.

Vous voilà assis : ne demandez rien, vous
ne seriez pas servi ; n'appelez personne, vous
ne seriez pas entendu, votre voix se perdrait
dans les coins de la salle, et puis nul n'a
ici d'ordres à donner, de demandes parti-
culières à faire : la machine fonctionne à
merveille, toujours régulièrement, toujours
dans le même ordre depuis que le local a été
ouvert à sir Catcomb.

Vous êtes donc assis et vous attendez. La
servante vous apporte, dès qu'elle en a le
temps, une assiette, du pain, un petit carafon de vin, et disparaît aussitôt, sans que
vos caressantes paroles puissent la retenir. A

7

quoi bon d'ailleurs des manières affables à qui n'a jamais compris l'affabilité! A quoi bon de la galanterie à qui n'a jamais placé un sourire sur ses lèvres hargneuses? (boudeuses n'exprimerait pas ma pensée.)

Après une attente plus ou moins longue, le chef Catcomb se détache avec gravité du foyer où cuit, sous son œil observateur, le bœuf acheté le matin, et vous apporte la tranche du ruminant, entourée de pommes de terre, de haricots, de carottes et de navets.

Voilà tout.

L'œuvre accomplie, le bœuf englouti, le carafon de vin avalé, vous tirez 21 sous de votre poche, vous les donnez au comptoir près duquel s'étale la bouche vainement ouverte d'un tronc en ferblanc, où on ne laisse amais tomber un centime pour la fille, et vous quittez la maison Catcomb sans avoir entendu une seule parole de convive. On se parle tellement à voix basse chez ce restaurateur! Pardon, ô Lucullus! qui avez cru dîner dans un couvent de chartreux.

Le bœuf est excellent dans la gargotte en renom, et la fortune de Catcomb est, dit-on, plus qu'encourageante pour ses imitateurs. Mais la vogue est une puissante souveraine depuis bien des années. Placez-vous à côté, donnez ce que ne donne pas Catcomb, c'est-à-dire une serviette, quelques paroles joyeuses pendant le repas, une servante au minois gracieux, un peu d'air libre l'été, une température chaude l'hiver, et vous mourrez à la peine. Catcomb vous enterrera sous ses écus qu'il travestit en guinées.

En ce monde l'habileté c'est le bonheur.

Permettez-moi d'achever par un trait du maitre du lieu, il est caractéristique.

Un consommateur, un jour, ayant obstinément demandé une serviette, Catcomb furieux s'élance et dit d'une voix de bouledogue : Vous ne savez donc pas manger proprement, puisque vous avez besoin d'une serviette devant vous !

Si tu m'avais adressé cette apostrophe, maitre Catcomb, je te réponds bien que tu aurais été coiffé de mon plat de bœuf, et qu'à l'avenir tu aurais donné une serviette à tes convives.

La politesse va bien à tout le monde, même aux gargottiers.

P.-S. *De profundis.*

Catcomb vient de mourir, Catcomb est

mort, bien mort, enterré depuis quelques jours... Paix à Catcomb!

On doit la vérité aux morts comme aux vivants. Disons donc, à la louange du héros défunt, que peu de temps avant de trépasser, il s'est rendu coupable d'un acte de générosité bien méritant. Il n'était pas rare que sa grosse main donnât quotidiennement aux petits Savoyards qui s'arrêtaient à sa porte quelques débris de ses diners. Mais un certain dimanche, à l'heure où sa salle était vide, il fit entrer un enfant bouffi descendant d'une haute cheminée, et l'asseyant à sa table, il le servit avec une tendresse toute paternelle. C'était un tableau digne de Greuze.

Cette générosité de Catcomb lui ouvrira sans doute le ciel, où peut-être il lira ces pages, car, à coup sûr, personne au paradis n'acceptera un de ses dîners : les élus, assure-t-on, font meilleure chère.

Quelques mots d'adieu encore; ma biographie sera courte.

Catcomb avait été embarqué comme coke sur un navire anglais. Il déserta et se fit jockey. Il était alors d'une maigreur extrême, et ce ne fut qu'à l'aide d'un peu d'embonpoint acquis que ses manières élégantes parvinrent à captiver une jeune femme qu'il enleva à sa famille... C'est tout. Depuis lors il a su amasser six bonnes mille livres de rentes que sa chère moitié ne dépensera pas, à coup sûr. Catcomb a été enterré au *Père Lachaise,* mais verticalement, car sa veuve a voulu payer le terrain à tant le mètre, selon l'usage établi. **Il y a des tendresses bien lésineuses !**

P.-S. Comme on va le voir, nous ne sommes pas les seuls à déplorer la mort du célèbre Catcomb. La verve de nos poètes les plus distingués, de nos littérateurs les plus gastronomes, de nos écrivains les plus voraces s'est ravisée au souvenir des bienfaits de l'illustre marmiton que l'art culinaire vient de perdre.

Le *Corsaire*, ce journal tout patriotique, dont les colonnes sont toujours ouvertes au profit des illustrations de chaque époque, nous prêche la complainte suivante dans laquelle il exhale des regrets.

Nous joignons nos larmes aux siennes, et du fond de l'âme nous crions encore une fois *De profundis* sur les restes glacés du boule-dogue britannique.

LA MORT DE KATCOMB.

ÉLÉGIE.

Multis ille gulis flebilis occidit.
— HORACE. —

Katcomb ! à ce nom seul, l'estomac se dilate,
    Le jus vient au palais;
Malgré l'horreur qu'on a pour l'habit écarlate,
    On hait moins les Anglais.

Qui n'a pas en effet une fois, dans la rue
    Neuve-des-Petits-Champs,
Dégusté, savouré sa cuisine congrue
    Et ses mets alléchans ?

Chez lui, ni plats d'argent, ni nappe, ni serviette,
    Ni luxe mensonger ;
Pour couvert, le couteau, le verre blanc, l'assiette
    Et le métal d'Alger.

Mais, pour vos dix-huit sous, quels repas ! quelles boss s !
    Quels *roatsbeefs* chicandards !
Quelles pommes de terre à taille de colosses !
    Quelle bière de mars !

Et puis, quel *plum-pudding* une fois la semaine !
    Quel grog américain!
Qu'est-ce qu'un cordon-bleu de force surhumaine
    Près de Katcomb?... Un nain.

Eh bien! ce Tamerlan de la pomme de terre,
    Ce César du *roatsbeef*,
Ce Napoléon-un du grog et de la bière
    S'est éteint comme un if.

C'est qu'il était d'un monde où la meilleure chose
    A le pire destin :
Il vécut ce que vit le champagne à la rose,
    L'espace d'un festin.

La mort est une vieille inhumaine et barbare;
    Elle jette au panier,
La camarde qu'elle est, sans même dire gare,
    Le meilleur cuisinier.

Elle n'a pas de nez, elle a le goût bancroche ;
    Frapper est son plaisir.
Et le fumet qu'exhale un *roatsbeef* à la broche
    Ne saurait l'attendrir.

Qui nous rendra, Katcomb, ta brusque bienfaisance,
    Ton excentrique humeur,
Ces bons mots bien passés, auxquels ta contenance
    Conservait leur primeur !

Tout ça dort avec toi, gros bonhomme, à Montmartre,
    Ou plutôt, dans les cieux,
Apicius, assis sur un pâté de Chartre,
    Cause avec toi, mon vieux.

Sur la tombe d'un brave, Albion parfois tue
    Un gibier de haras;
La France sur ta tombe aurait dû, tête nue,
    Immoler le bœuf gras.

Le prosateur doit se taire quand le poète a chanté. Adieu, Catcomb! que la terre te soit légère autant qu'étaient lourds sur nos estomacs tes patates et ton roatsbeef!

DINER DE GRISETTES.

V

Dîner à la Seringue.

Vous comprenez que je ne veux pas vous
parler de ces pauvres gens qui après un travail écrasant peuvent à peine nourrir leur
famille et se contentent pour eux du petit
paquet de pommes de terre frites, rousses,
odorantes, dont parfois, en passant sur le

6

Pont-Neuf, j'ai savouré le désagréable parfum !

Je ne vous parle pas non plus de ces pauvres rapins, de la main desquels doivent un
jour sortir des chefs-d'œuvre et qui en at-
tendant quêtent dans les ateliers quelques
morceaux de mie de pain aux camarades,
comme pour effacer un croquis incorrect, et
qui les cachent dans leurs poches afin d'en
déjeuner ou d'en diner plus tard. J'ai vu ces
choses-là, mes amis, lorsque j'étudiais la
peinture chez Regnault, où Lépaule, un de
nos plus habiles *portraiteurs*, a passé souvent
sa douloureuse journée à l'aide du stratagème
bien innocent que je viens de vous signaler.

Que de jeunes et gentilles ouvrières, debout dès le point du jour, dinent par cœur

ou à l'aide d'un petit pain et d'un morceau de fromage, quoiqu'elles aient usé leurs petits doigts et leurs grands yeux à des travaux qui ne leur permettent presque jamais la moindre économie, car un jour de fête, une nuit dans des rêves d'amour, une heure dans les larmes du repentir, dévorent leur présent si sombre et menacent leur avenir si incertain!

Oh! la misère est grande dans les cités populeuses, ce sont de ces choses que les cœurs honnêtes doivent répéter jusqu'à satiété; et si l'opulence avait des entrailles, elle ne dinerait pas si joyeuse et si bruyante dans ses somptueux palais; car là, tout près d'elle, séparée par un mur, une mère de famille meurt dans le désespoir de n'avoir pas un morceau de pain à donner à ses enfants qui

lui tendent une main suppliante. Le livre
des misères humaines serait gros, et bien
des cœurs se briseraient au récit des souffran-
ces qui pèsent principalement sur les capitales.

Moi qui me suis délassé à sillonner plusieurs fois cet immense globe terrestre,
point imperceptible de sable au milieu des
millions de mondes qui s'agitent et tourbil-
lonnent autour de lui, je vous dirai que ce
n'est que dans les pays civilisés que l'âme
est endolorie par de si déplorables tableaux.

Parcourez les deux Indes, les nombreux
archipels qui parent les océans, les vastes
continents découverts depuis moins d'un
siècle, partout l'homme sauvage trouve de
quoi manger, de quoi boire. De l'eau, des
ruits, quelques animaux domestiques, des

légumes, un abri, rien de tout cela ne lui manque, et chez nous, nation dominatrice, flambeau éclatant qui va porter la lumière des arts et des sciences jusqu'aux régions les plus éloignées, chez nous qui avons la prétention de régénérer l'espèce humaine (c'est inhumaine que je veux dire), l'homme meurt de faim, de froid, et n'a pas toujours un grabat pour reposer sa tête.

Dieu est grand et Mahomet est son prophète aimé!

Ma boutade philosophique expirée, poursuivons de nouveau ma course et entrons dans la rue de la Mortellerie—quel horrible nom! — où a lieu l'un des plus curieux repas de Paris. C'est chose à voir, à étudier et à décrire.

La grande salle est un rez-de-chaussée non

dallé ; vous vous croiriez dans la rue en un jour de pluie, si ce n'était le plafond qui vous met à l'abri des ondées du ciel.

La table est fixée au sol par de solides poteaux en maçonnerie. Elle est en madrier, longue, noire et percée à intervalles égaux. Dans chaque trou se trouve une sorte d'écuelle en ferblanc assujétie au bois par de petits clous faisant saillie. En face de ces trous et de ces écuelles est posée une sorte d'escabeau robuste servant de fauteuil ; c'est ordonné au mieux, comme vous pouvez en juger. Le mur de la salle est orné d'images coloriées et de bustes de l'Empereur, ainsi que des portraits véritables des plus grands criminels de toutes les époques. Il y a aussi quelques beaux tableaux de nos victoires, à six liards la pièce.

Là on se nourrit l'esprit et le corps, c'est
un restaurant et une école d'enseignement
mutuel où la charpente et l'intelligence ac-
quièrent des forces : celle-ci gratis, l'autre à
9 sous, ou 45 centimes, par repas. Quand les
parents de Rothschild viennent dîner là, ils
donnent un sou au garçon, et c'est 50 centimes que leur coûte la pitance.

Dès que le sybarite entre, deux grosses
servantes-maîtresses aspirent, à l'aide d'une
seringue, le bouillon qui se fait et se renou-
velle sans relâche sur un brasier ardent. On
pousse le bouillon dans l'écuelle en fer, et
l'homme dîne.

A peine est-il servi qu'il doit payer; s'il
feint d'avoir oublié sa bourse ou s'il pro-
met de revenir payer le lendemain, une des
servantes, dont la seringue est vide, plonge

la canule dans l'écuelle et rend le bouillon
aspiré à la marmite du foyer. Si le consommateur est en mesure, on lui donne un gros
chignon de pain qui était tendre l'avant-
veille; il le trempe dans son bouillon, où s'é-
talent des yeux de toutes grandeurs, et quand
le liquide a disparu, on vous jette à la place
un fragment de bœuf que vous prenez avec
une fourchette de fer que la servante dé-
graisse en la passant par ses lèvres. Tout est
ici d'une exquise propreté.

Le gâcheur, le garçon plâtrier ont dîné;
ils retournent à l'ouvrage, et si le lendemain
ils peuvent encore s'asseoir au dîner à la seringue, ils se croient heureux et voient courir les eaux jaunâtres de la Seine sans être
tentés de s'y élancer, une grosse pierre au cou.

Qu'est-ce que l'ambition!

DINER CATCOMB.

V

Dîner Catcomb.

Le gastronome qui m'a conduit chez cet Anglais, véritable goddam de la tête aux pieds, type de nationalité britannique, de boule-dogue en colère, époux et maître d'une femme gracieuse comme un *de profundis*, et d'une Gothon très peu appétissante : ce gastronome, dis-je, ne me conduisit là que pour la justification de sa parole : à savoir que tout Paris avait visité la taverne de Cat-comb, à l'enseigne du *Cheval-Noir*, rue Neuve-des-Petits-Champs, n...

C'est un rez-de-chaussée.

J'aime assez, soit dit en passant, à ne pas grimper au ciel pour mes repas ; et contrairement à tout le monde, je regarde la fatigue comme la plus mortelle ennemie de l'appétit.

Deux pièces seulement, étroites, contiguës, obscures ; quelques tables voilées d'une nappe permanente qu'on a étendue le matin, propre et rousse, et qu'on remplacera le lendemain seulement.

Vous entrez : une grande brosse faisant arc de cercle se pavane sur la table ; vous vous

VII

Dîner de Grisettes.

Voyez si elle est gentille dans sa robe propre et blanche comme une grande jatte de lait ! Voyez ce gracieux bonnet avec une ruche autour, et noué sous le menton, qui emprisonne coquettement ses cheveux noirs, et couronne avec grâce un front pur, gardant

s

encore chaudes et douces les caresses de la nuit.

Voyez comme sa démarche est légère, ses yeux pétillants, sa bouche rieuse! C'est la tige du bambou qui se balance sous la brise, c'est plus : on dirait le plaisir échappé de sa cage et brûlant d'y rentrer, tant ses souvenirs sont au bonheur.

Un petit châle barriolé protége ses épaules rondelettes ; ses mains sont voilées par des gants foncés, car on garde pour d'autres heures les couleurs plus tendres ; et ses pieds délicats font crier un joli soulier verni qui glisse plutôt qu'il ne marche sur le trottoir de la rue.

C'est Mariette!... Mariette est un nom commun, soit. Eh bien ! quand je l'applique à la Mariette à moi, ces syllabes toutes plépéiennes ont une ravissante harmonie. Il me semble, quand je pense à la Mariette de la rue de l'Odéon, que nulle servante, nulle couturière, nulle modiste, nulle femme de notaire ou de banquier ne doit s'appeler comme elle. Quand je pense à cette Mariette, si suave et si folle à la fois, je suis tenté d'appeler Mariette la *Joconde* du Titien, la *Vierge au Rocher* de Raphaël, et ces admirables têtes de l'Albane sous le velouté desquelles vous voyez le sang rosé qui se promène et leur donne la vie.

N'est-ce pas, Mariette, que je ne te prête rien dans ce portrait inachevé que je trace de toi en ce moment? Tu es plus que belle, car tu es jolie. Tu as cent fois plus d'esprit que tu ne crois, car tes saillies te viennent du cœur, et lorsque tu déroules à mes côtés ta période harmonieuse dans le récit de tes travaux de la journée, je crois entendre les fines perles d'un collier de princesse glissant entre les doigts agiles de celle qui s'en enorgueillit pour la première fois.

Je voudrais Mariette moins séduisante, je voudrais que son organe fût moins limpide, son regard moins provocateur, sa démarche moins souple, ses dents moins éclatantes, son teint moins diaphane, ses cils moins longs et moins pressés ; je voudrais qu'elle fût laide, Mariette, car je l'aime et j'en suis jaloux.

Où va-t-elle en ce moment ? il est sept heures à peine, et toute jeune fille qui se promène à sept heures dans les rues de la capitale s'expose à de sévères investigations..

Pauvre Mariette! comme on te calomnie, car tu ajoutes encore à tes perfections la perfection de la sagesse; et chez toi la sagesse c'est la fidélité.

N'est-ce pas, Mariette, que le nombre deux t'épouvante? Je suis sûr que tu mourrais de regrets et de honte si tu arrivais au nombre trois.

Tiens! voilà Mariette qui s'arrête au coin de la rue auprès d'une grosse femme qui a le nez rouge, les mains rouges, du rouge aussi sur la poitrine. C'est la laitière la plus achalandée du quartier, puisque tout le monde s'adresse à elle, parce qu'elle fait toujours bonne mesure et qu'elle ne met guère qu'un dixième d'eau dans son lait.

De là Mariette poursuit sa route et entre chez le charcutier. Un instant après, elle en sort tenant d'une main un petit pot de crême, de l'autre un papier enfermant je ne sais plus quoi. Elle fait encore quelques pas, elle arrive chez le boulanger, et les deux pains qu'elle achète elle les glisse dans un cabas pendu à son bras gauche. Oh! si j'étais le cabas de Mariette!

Le menu est acheté, il faut maintenant rentrer chez toi, escalader tes six étages, te renfermer dans ta chambrette et préparer le dîner. Mariette est économe, elle fait, à ses dépens, un seul repas; un seul repas par jour, entendez-vous, sybarites insatiables! et pourtant ses membres sont élastiques, sa tête droite ainsi que son corps, et il y a chez elle une force et une virilité que vous devinez dans chaque mouvement qui la dessine.

Je me hâte pourtant d'ajouter que Mariette n'est pas seule au monde, que Raoul,
nom farouche, vient souvent la visiter, que
le soir ils s'en vont, bras dessus, bras dessous, à pas égaux, réguliers, se faire de
douces confidences sous le dôme feuillé du
Luxembourg, et qu'il n'est pas rare de les
voir un peu plus loin, dans cet historiqu
jardin nommé la *Chaumière,* s'émanciper
encore au son d'une musique sémillante qui
fait bondir d'aise un essaim de jeunes filles,
toutes moins jolies, toutes moins légères
que la Mariette tant aimée dont je vous
parle.

Aïe! aïe! ici est une tache... n'importe
j'ai promis un tableau fidèle, je n'en dois
rien effacer : Mariette *pince* le cancan...

Eh! que m'importe! le cancan de Mariette

ressemble presque au menuet de nos pères,
tant la svelte sylphide est sage dans son désordre, tant elle est modeste et réservée dans
sa folie.

Venons au dîner de Mariette.

Elle a une toute petite poêle, un tout petit pot, point de gril, un réchaud imperceptible, du bois acheté en cotrets, du charbon
pris à la livre, deux chaises d'inégale hauteur, une table assez grandette, mais où le
couvert ne s'étale jamais, car on y repasse
les cols, les manchettes, les guimpes, et le
frugal dîner y laisserait peut-être des traces
dangereuses. Je vous l'ai dit : Mariette est la
plus propre des jeunes filles, et l'on dirait
qu'elle se promène toujours dans une atmosphère embaumée.

Le papier triangulaire des papillotes et

l'enveloppe des saucisses servent à allumer le charbon et le bois. Bien! la flamme pétille, l'appétit arrive, à l'œuvre! Une pincette est couchée horizontalement sur le réchaud ; deux petites saucisses sont étendues sur les branches de l'*arme à feu*, et l'œil attentif de l'intelligente cuisinière saura bien quand il faudra retourner le premier service.

Mais je suis incomplet dans mon récit, ou plutôt je vous ai trompé sans le vouloir. Mariette fait deux repas, le premier avec son lait, le second avec la saucisse du charcutier escortée d'une pomme ou d'une assiette de mendiants.

Bon! voilà le réchaud libre; un grand carton à chapeau est pompeusement étalé au milieu de la chambre, un tabouret à côté, Mariette s'assied, sa fourchette en métal d'Alger s'empare de la pitance, et un quart-d'heure après, Mariette a dîné.

Elle prend une aiguille, elle coud ou elle brode, elle pense, ses yeux deviennent moins vifs, sa peau moins rosée, elle pousse un gros soupir...

C'est que l'horloge voisine vient de sonner l'heure où Raoul a l'habitude d'entrer sans frapper. L'aiguille est brisée, la mousseline déchirée, et on se dit encore que l'horloge retarde.

Mariette se lève, elle ouvre la croisée, elle plonge dans les ténèbres qui commencent à descendre du ciel; elle le voit, c'est lui! c'est Raoul au bras de Clotilde! cette hideuse et louche Clotilde qu'il a fait danser hier deux fois à la Chaumière! Raoul passe, il ne lève pas la tête, le cœur de l'ingrat

Raoul n'est plus là-haut; hélas! y a-t-il jamais été? La raison de Mariette s'en va... La croisée est fermée, bien fermée cette fois ainsi que la porte, nulle issue à l'air qu'on emprisonne, du charbon est ajouté au charbon déjà embrasé; Mariette se couche, de grosses larmes tombent de ses yeux, sa poitrine se gonfle, ses lèvres deviennent violettes, ses doigts se crispent, elle étouffe, elle respire à peine, elle ne respire plus...

Mariette a fait son dernier dîner, parce que Raoul s'est promené le soir avec Clotilde.

Raoul la pleura un jour. Le lendemain, il s'était consolé avec Héloïse; Clotilde n'acheta point de charbon, elle dîna très copieusement et se promena le soir avec Léopold.

Mariette était une exception dans la classe des grisettes.

————

Crédule comme tout conteur de bonne foi, j'avais publié la triste nouvelle de la fin tragique de cette pauvre Mariette qui faisait rôtir de si gentilles saucisses, lorsqu'un jour je reçus la lettre suivante que je copie textuellement :

« Je vous trouve bien plésant et bien fat,
« Monsieur, d'anoncé à vos amis et conai-
« sances que je me suis péri, rien n'est si
« faux, à preuve que je vous écri pour vous
« prouvé le contraire.

« S'axphysier pour un homme! merci, ils
« ne valent pas tent seulement la paine qu'on
« se fasse un bobo pour eux. Je me porte

« bien grâce à Dieu et à la croisée que j'ou-
« vri quand le charbon commençait à me
« monté à la tête, que je n'avais plus mon-
« tée pour Raoul : et maintenant que je suis
« délurée, que j'ai fiché de coté l'amour
« d'un je ne sais quoi et que j'ai écouté les
« prépositions d'un Monsieur plus huppé
« quoiqu'un peu plus mur que mon pre-
« mier, je dine beaucoup mieux qu'avant.

« Si vous voulez vous en convaincre, ve-
« nez, vous assisterez à un régal de grisette
« qui sable un peu proprement le Champa-
« gne, comme vous dites vous autres mirli-
« flords du cartier Dantin. »

Signé MARIETTE ROBINEAU,
Rue des Fossés-Monsieur-le-Prince, 15.

J'allai voir Mariette : le dîner fut très

9

bien ; hélas ! on m'a tout à fait gâté ma jolie grisette, elle était bien plus séduisante quand elle faisait griller ses saucisses sur des pincettes horizontales.

DINER VIOT.

VIII

Dîner Viot.

Flicoteau, Rousseau, Viot, trinité favo-
rable aux uns, redoutable aux autres, empoisonneurs émérites qui tuez et faites vivre
tant d'estomacs depuis un demi-siècle, je
vous salue !

Et je vous en préviens, messieurs, ce n'est

point par amitié, encore moins par reconnaissance : je vous salue parce qu'il est d'u-
sage chez tous les peuples de la terre, même
dans le quartier que vous habitez, d'ôter son
chapeau en entrant chez le voisin, chez la
voisine, chez l'épicier du coin, chez le pair
de France ou chez le marchand de charbon.

Ce n'est qu'en se glissant dans la modeste
chambrette de la couturière ou de la modiste de cette partie de la première cité du
monde qu'on garde son chapeau sur l'o-
reille et son cigare à la bouche.

Si la politesse est de tous les étages, elle se
trouve souvent exclue de certains domiciles,
et moi, moraliste par essence, je vous dirai
que rien ne ressemble moins à l'affection
vraie, à l'amour sincère, que la politesse ou
la galanterie. Qui aime les gants glacés et

les bottes vernies n'aime pas. Fi du luxe sur les vêtements, alors qu'il ne faut s'occuper que des passions du cœur. Pour tous les sentiments d'épiderme, à la bonne heure.

Voyez pourtant où m'entraînent les trois grands hommes dont je vais vous parler (car on est grand homme dans tous les états). Je me jette dans les pensées morales pour éviter les salons où ils trônent; mais mon devoir l'emporte, et puisque je me dois soumettre à ses exigences, suivez-moi et apprenez ce que j'ai appris par vous. La peine du talion devrait être mise en vigueur chez tous les peuples de la terre.

Vous entrez dans un rez-de-chaussée; il y a là plusieurs pièces, un grand nombre de tables sur lesquelles se pavanent avec orgueil des carafes-monstres que vous ne

pouvez lever d'une main, à moins que vous
ne soyez armé d'une force herculéenne. Il
est aisé de voir que la liqueur des canards
est ici en abondance (pas de calembour je
vous prie) et que l'habitué qui vient s'asseoir
ici ne connaît que de nom les vins de Chypre, de Malaga, d'Alicante et surtout de
Constance. Hélas ! jeunesse est bien à plaindre dans ce siècle d'égoïsme et d'incivilisa-
tion ; il y a des mots qu'on doit franciser au
profit de nos institutions et du progrès so-
cial.

Pardon, Viot, je ne vous quitte plus.

Vous avez déposé votre chapeau, vous
êtes en face de votre couvert et de cette immense carafe d'eau filtrée qui blesse vos yeux ;
vous demandez un potage, c'est trois sous (on
compte aujourd'hui par sous et deniers dans

le quartier Latin); un bœuf, un poulet, une côtelette, un canard, un biftaeck, un fricandeau, une tranche de roatsbeef, tout cela est sur la même ligne, tout cela est coté d'avance à six sous, ni plus ni moins ; n'en offrez ni cinq ni sept, vous seriez refusé.

Chaque plat de légumes vous coûte trois sous, et la ration est assez copieuse. Les choux, les pommes de terre, les lentilles et les haricots inondent les plats. Je ne m'étonne plus que les marchés de Paris soient si productifs pour l'État.

Les besoins de la vie devraient, ce me semble, être affranchis de tout droit, surtout pour qui ne connaît même pas l'odeur de la truffe.

En passant, je signale une lacune dans mes recherches, à savoir que je n'ai pas songé à

demander si MM. Viot, Rousseau et Flicoteau savaient ce que c'est qu'une truffe, un
pudding à la chipolata, une charlotte russe
au caramel et tant d'autres richesses culinaires qui ne sont que l'ordinaire des Véry,
des Beauvelliers, des Café de Paris et de la
Maison dorée.

Pauvre Flicoteau! peut-être que je vous
outrage; mais je ne vous crains pas, vous ne
me verrez plus chez vous, je me souviens
trop de mes jours de douleur.

Maintenant que je vous ai dit les prix,
vous pouvez calculer la dépense à un certain prix. Potage, trois sous; tout plat gras,
six sous; tout plat maigre, trois sous; tout
carafon de vin (de vin!), trois sous; un sou
pour le garçon.

Ne vous avisez pas de donner à celui-ci

trois ou quatre sous en sortant : on vous ac-
cuserait de ladrerie, car on vous prendrait
pour le fils de Rohtschild ou pour Rothschild lui-même.

Six cents étudiants au moins, par jour,
vont visiter les salles de Viot, sans compter
les étudiants en goguette. De là à la Chaumière pas n'est besoin de fiacre ; mais le
vieux Lahire vous sourit, l'orchestre vous
appelle, le flageolet vous enlève, la montagne
russe vous fait dégringoler, le cancan vous
arrive comme un visiteur ami, et les Viot et
les Flicoteau sont oubliés dans le tourbillon
enivrant d'un galop.

A quoi bon blasphémer encore et lancer
l'anathème sur la maison Viot frères ? Allez-y,
vous tous qui cherchez à vous instruire, allez
chez Viot si vous avez faim, bien faim, mais

n'y allez pas si pour vous la table est un plaisir plutôt qu'une nécessité.

L'étudiant appelle les Viot des empoisonneurs.

L'étudiant est vorace et cruel à la fois, il se fortifie chaque jour dans sa nourriture de cannibale.

Avant de vous quitter, lecteur, permettez-moi de vous signaler du doigt une double ruse du quartier de la science, et sachez comment se blanchit le linge de table des Viot, des Rousseau et des Flicoteau.

La maison est déserte, et le pas rapide des garçons résonne seul dans les vastes salles. Vous croyez que la besogne de ceux-ci est accomplie! Hélas! non, elle va recommencer plus impérieuse que jamais.

Les étudiants, quoi qu'on en dise, aiment

la propreté du service ; il leur faut à eux pour les besoins de la table, et pour d'autres besoins moins grossiers, des cornettes blanches, des mains blanches ; des dents blanches, des serviettes blanches ; j'ignore comment on blanchit les premières, voici comment les serviettes deviennent éclatantes.

Un domestique étend le linge sur une table, un autre le tient par un des bouts. Le premier, armé d'une brosse en chiendent légèrement trempée dans de l'eau, frotte, frotte et refrotte jusqu'à ce que les traces du vin et des sauces soient à peu près effacées. Cela fait, une seconde serviette est placée sur celle-ci, et le frottage recommence. Après cette seconde vient une troisième, puis une quatrième, et ainsi de suite jusqu'à ce que se dresse devant vous une pyramide immense de serviettes en calicot. Alors une table renversée est pressée dessus, et comme elle n'est point assez lourde pour affaisser et aplatir le linge, deux ou trois garçons grimpent sur l'édifice et piétinent comme des gens piqués de la tarentule.

Je ne vous garantis pas une propreté exquise, un lustre éblouissant; mais pour peu que vous n'exposiez pas trop vos lèvres au contact des serviettes ainsi blanchies, vous n'avez trop rien à craindre de leur usage. La vie n'est pas dans le luxe, elle est dans l'absence du besoin.

DINER DE LORETTES.

IX

Dîner Lorette.

RUE NOTRE-DAME-DE-LORETTE, N° 39.

Dans cette Babylone parfumée qui a nom *Quartier Notre-Dame-de-Lorette*, à cause du temple, j'allais dire du boudoir, où l'on va prier je ne sais plus quelle divinité de la terre, rien ne manque de ce qui fait les grandes et populeuses cités.

Luxe et indigence, jeunesse évaporée qui jette l'or à pleines mains, décrépitude abandonnée qui meurt dans un galetas, papillons légers qui voltigent à l'air, lions affamés rugissant à l'espace, brillants carrosses glissant sur le sol avec la rapidité de l'aigle, infortunés piétons pataugeant dans la boue et la neige, chants joyeux de l'orgie au milieu des mille lustres d'un salon resplendissant, râles déchirants de la faim dans un grenier ténébreux, tout est là, absolument tout, sans donner un enseignement aux hommes, car les hommes ne veulent rien apprendre dans le grand livre, ouvert sous leurs yeux, de l'opulence et des misères humaines.

Curieux par instinct, curieux aussi par goût, j'ai voulu étudier cet Eldorado de la cité fastueuse, et je me suis glissé en observateur, en philosophe, dans toutes les maisons où les portes m'étaient ouvertes, où j'espérais trouver bon et cordial accueil. Dans la plupart de ces demeures, on me tendait la main avec affabilité; dans un grand nombre d'autres, on me disait d'entrer après avoir bien examiné ma mise et mes allures. Ici, j'étais reçu comme quelqu'un qui apporte quelque chose; là-bas, comme quelqu'un qui pourra apporter plus tard. Du reste, partout bonne figure, excellentes paroles et fauteuils confortables où je pouvais me prélasser quelques instants.

Dans une de ces courses à bâtons rompus, j'arrivai au n° 39 de la rue ascendante qui a pris le nom du quartier, et j'entrai

accompagné de mons Antonio, que je soup-
çonne fort de m'avoir pris sciemment au
piège.

— Messieurs, soyez les bienvenus.

— Merci, madame, de votre politesse.

— Nos dames sont absentes ; elles ne vont
pas tarder à arriver, et avec elles le bœuf.

Je ne compris pas tout d'abord, mais
mon polisson de guide me dit tout bas à
l'oreille : « *C'est une table d'hôte.* »

— Voulez-vous vous donner la peine de
vous asseoir ? Voici d'abord mademoiselle D.
qui fera votre partie de caquetage ; c'est la
tête la plus évaporée du quartier.

— Et le cœur ?

— Elle n'en a pas : elle est heureuse

J'allais entamer la conversation avec la

femme sans cœur, lorsque le cri *à table* se fit entendre.

Le dîner ici c'est la parole. On y jacasse beaucoup plus qu'on n'y mange, et les entr'-actes d'un plat à l'autre y sont si longs, si longs qu'on a le temps de lire une physiologie, du potage au bouilli, de l'entremets à la salade.

Et puis tout le monde parle à la fois, et d'une voix si haute, si éclatante, que vous seriez à chaque instant tenté de courir à la porte pour apporter secours quelque part.

On dirait le quartier en feu.

Est-ce bénéfice? Est-ce pour qu'on ne s'entende pas? Oui et non, car la conversation y est si décolletée qu'on ne doit l'écouter qu'en baissant les yeux, pour peu que vous trembliez pour la vertu alarmée de votre voisine. — Bah! bah! ne baissez pas les regards.

Les dames habituées du logis sont prises :
chacune à son chacun ; l'esclavage dure une
semaine ou deux, peu importe ; mais ce
qu'il y a de certain, c'est qu'elles ne sont
jamais long-temps veuves.

Potage, bouilli, le tout brûlé, tant soit
peu carbonisé, entrée de poisson, volaille
assez fraîche, salade et fromage, voilà tout.
Ah ! j'oubliais : vous avez en outre la fine
demi-tasse et le petit verre.

Après dîner on fume ; les Lorettes donnent l'exemple, et au lieu de parfums, les
poches de celles-ci renferment des cigarettes
élégantes ou des cigares volumineux. Vous
comprenez que la salle à manger est dans un
instant transformée en tabagie et que moi,
délicat par tous les sens, je ne puis vous dire
ce qui a lieu parmi cette quinzaine de gastro-

nomes, au milieu de cette atmosphère épaisse dans laquelle on s'agite, puisque l'odeur du tabac me ferait fuir à dix lieues à la ronde.

Le dîner achevé, il est rare qu'une de ces Lorettes se hasarde seule dans les rues turbulentes de son quartier. Les jeunes gens y ont tant d'impertinence!

Bras dessus, bras dessous, on va au théâtre, au bal; sais-je où l'on va, moi!

Ce que je sais, ce que je me suis engagé à vous apprendre, c'est qu'on ne dîne pas très bien au n° 39 de la rue Notre-Dame-de-Lorette, et que les dames qui s'y donnent habituellement rendez-vous sont fort jolies...

Je suis aveugle.

DINER A 2 FRANCS.

X

Dîner à 2 francs.

Vous comptez dans Paris dix-sept ou dix-huit maisons où l'on dîne à ce prix et où l'on déjeune à un franc vingt-cinq centimes. Le quartier du Palais-Royal est riche de ces établissements, où vient se prélasser la belle bourgeoisie de province, où se donnent ren-

dez-vous les honnêtes propriétaires en goguette de la capitale, et où se délectent avec
leurs grisettes, leurs couturières ou leurs
modistes, les étudiants qui ont reçu la veille
cette bien-aimée pension qui doit si effica-
cement protéger les études du droit ou de la
médecine.

Ce jour-là est un jour de demi-gala, et
voyez s'il est coûteux.

On a acheté des gants à son objet, on lui
a payé le fiacre ; arrivé chez le restaurateur,
on demande la bouteille d'eau de Seltz, une
tranche de melon ; et comme on est heureux,
le garçon reçoit un *pourboire* de vingt-cinq
centimes au moins. Dès qu'on est bien lesté,
on repart ; madame est lasse des courses de
la semaine ; le Prado, la Chaumière, Mabille
sont au diable ; l'allée des Champs-Élysées

est *poussiéreuse*, et puis comment valser, cancaner un brin après la lassitude d'une marche forcée?

En avant le fiacre.

Rien n'est échauffant comme les agitations du bal : vite une glace, le plus souvent de la bière avec des échaudés, et le bouquet galant que la marchande vous force d'accepter gratis pour un franc, et le prix de l'établissement que j'avais oublié, et enfin le retour chez soi, qu'on ne peut effectuer qu'en équipage numéroté ; car les souliers sont percés et l'atmosphère se voile d'épais nuages. Ceci est pour l'étudiant, qui est l'homme du monde étudiant le moins. Mais le provincial qui arrive au *restaurant* comme il dit, avec sa moitié accrochée à son bras droit, une petite fille pendue à son bras gauche, une *bonne* invitée à la pitance, à condition qu'elle jeûnera dans la semaine, oh ! pour ceux-là une dépense bornée est de rigueur, le bourgeois songe au lendemain. Le vent a beau souffler, la pluie fouetter le sol, la boue monter de la chaussée aux trottoirs, le terrible mari, le père infatigable, inaccessible au péril, à la lassitude, à la colère des éléments, s'en va à pied avec ses deux anses pleurer au mélodrame ou rire aux Variétés. Trois places et demie, trois secondes loges de côté, puis l'enfant qu'on cherche à faire passer par-dessus le marché, et l'on rit ou l'on pleure pendant trois ou quatre heures. Mais les chefs de famille se sont parlé à voix basse pendant les entr'actes, le mari dit oui, la femme serre tendrement la main, et comme il est minuit moins

quelques minutes, on court à un fiacre, es-
pérant qu'on ne le paiera qu'un franc cinquante centimes. Hélas! hélas! le cocher
vous jure que votre montre retarde, que
la sienne va bien, que l'horloge a sonné
ses douze coups, que vous ne monterez
pas, et tandis que vous disputez, les minutes marchent, le cocher a raison et vous
ajoutez au prix du dîner celui d'une double
course et d'une banquette fort dure aux troi-
sièmes loges d'un théâtre.

Allez, mes amis, les dîners à deux francs
sont plus coûteux que vous ne croyez.

Dans ces établissements fort peu philan-
thropiques, comme vous voyez, l'observateur
distingue l'habitué du lieu de celui qui n'y
vient que rarement. Le second appelle le
garçon, le premier n'a que des noms pro-

pres dans la bouche, et ces noms il les jette au dehors d'une voix retentissante. S'il traite un ami, Georges est plus actif que cela, dit-il, ses portions sont plus copieuses, il ne vous inonde que rarement de sauce, et, au dessert, vous avez le plus beau fruit. Il y a toujours trois sous d'étrennes pour Georges, et la reconnaissance est le sentiment le plus funeste aux poches.

Ce qu'il y a de plus insupportable dans ces maisons, dont presque toutes font fortune en peu d'années, ce sont les conversations intimes faites tellement à voix basse que vous les entendez de l'extrémité du salon. Je me trompe : ce qu'il y a de plus nauséabonde chez les restaurateurs à deux francs, c'est l'odeur des mets qui passent et repassent sous votre nez. Vous demandez un canard aux navets, eh bien, vous avalez un canard au beurre noir; vous désirez des pommes de terre frites, et votre friture embaume la moutarde du voisin. Rien ne ressemble mieux au chasselas qui vous est servi que le fromage de Gruyère qu'on avale devant vous. De telle sorte que lorsque vous avez dîné pour vos deux francs, vous croyez souvent avoir mangé de six plats, au lieu de trois qui vous sont promis par la carte.

Il y a dans ces maisons des études fort curieuses à faire, je vous l'atteste, celle des opulents du jour ou de la veille, c'est-à-dire de ces hommes qui, après une heureuse spéculation, se trouvent riches tout à coup de quinze ou dix-huit cents livres de rentes. Oh ! c'est une jubilation à vous faire oublier les mets qu'on vient de vous servir, c'est une joie féroce qui tombe sur les plats et en enlève le vernis. Du pain, du pain, du pain, on avalerait une fournée, et quand les trois plats sont engloutis, on se tâte, on se demande si on n'en a pas oublié un ou deux. Rien n'est dévorateur comme le parvenu.

C'est encore une curieuse étude à faire que celle des garçons qui servent dans ces établissements. Un bon garçon est, je vous assure, un homme prodigieux, immense; c'est un colosse, une montagne, c'est un génie, Bossuet ou Locke, c'est aussi Mansard, le plus habile architecte du monde! — Pierre, une matelotte! — Voici. — Pierre, une salade de homards! — Entendu. — Pierre, une meringue! — Suffit.

Et Pierre arrive bientôt ayant sur ses bras un échafaudage de mets qu'il distribue avec un ordre, une propreté qui tiennent du prodige. Il faut aux garçons de ces restaurateurs une activité, une patience, une mémoire, une adresse incommensurables.

La dame du comptoir doit être jolie ou gracieuse et toujours élégamment parée. Le maître a l'œil à tout et partout ; il veille sur tout. C'est un général inquiet au milieu de l'action. Plus il a d'ennemis à combattre, plus il est dans la joie, et quoi que vous fassiez, le champ de bataille lui reste toujours.

Je ne vous dirai pas quel est le meilleur de ces restaurateurs à deux francs, car si le hasard me conduisait à un autre, il serait capable de me donner du pain rassi, du vin frelaté, de l'huile à quinquet, de l'eau tiède et de la vache enragée au lieu de bœuf.

Voyez, messieurs, essayez de tous, allez

chez. . . . chez. . . . de celui-ci à. . . .
et à la seconde édition de ce livre, je mettrai
à profit votre expérience et vos observations
gastronomiques.

Toute éducation est coûteuse ; quant à
moi, je me suis trouvé parfaitement satisfait
des deux restaurants à 2 fr. de la rue
Vivienne, ainsi que du salon Français, du
Palais-Royal et des Sept-Arcades. On dîne
très bien également chez...

TABLE D'HOTE A 3 FRANCS

POUR LES MESSIEURS ,

ET A 2 FRANCS 50 C. POUR LES DAMES.

12

XI .

Table d'hôte à 3 francs

pour les Messieurs,

Et à 2 francs 50 cent. pour les Dames.

Ne croyez pas que les hommes mangent toujours plus que les femmes, qui ne vivent pas seulement d'amour et d'eau fraîche. Mais si elles paient ici moins cher que nous, c'est tout simplement parce qu'elles sont un revenu pour la maison, en ce sens que les pa-

pillons courent après les fleurs. Fleurs prin-
tanières fort rares, fleurs d'automne en
quantité, fleurs d'hiver assez nombreuses,
formant en tout un mélange hétérogène curieux à l'œil, plus curieux encore pour le
moraliste, agglomération bizarre de couleurs
vraies ou fausses, de parfums plus ou moins
factices, de tiges plus ou moins fébriles, s'a-
gitant à toute brise, à tout soupir, s'épa-
nouissant à toute caresse ; mais, hélas! peu
ou point de sensitives dans cet énorme bouquet que je veux vous présenter.

Oh ! si vous saviez quel langage ces fleurs
empruntent du sol où elles sont nées, de la
source qui les a aidées dans la vie, du contact des événements qui les ont heurtées
dans leur course! Oh ! si vous saviez quelle
âme vit et s'allume sous ces enveloppes trans-

parentes comme la gaze, légères comme la dentelle, douces au toucher comme le velours, brillantes comme la soie la plus pure ! Si vous saviez aussi combien de passions tumultueuses se cachent sous les couronnes de roses ou de lilas qui parent ces fronts plus ou moins colorés, que d'ardentes jalousies fermentent au sein de ces cœurs calmes en apparence, mais tourmentés comme le Vésuve en un jour d'éruption !... C'est à faire trembler pour le moraliste qui étudie, pour l'adolescent qui cherche à apprendre, pour l'homme fait qui veut se fortifier, pour le vieillard qui veut se souvenir.

Je vous signale le danger, tant pis pour vous si vous consentez à courir les chances de mes révélations. Ce que je veux vous présenter ici, c'est ce que vous verrez autre

part dans de plus mesquins ou de plus vastes
enclos où je vous mènerai une autre fois
peut-être.

Seulement aux salons présidés par madame A. L..., rue de la Chaussée-d'Antin, 5,
règne un degré de plus de gaîté, une joyeu-
seté plus en dehors, une folie moins mus-
quée; vous y coudoyez des hommes de savoir, de braves militaires; vous y entendez
des noms blasonnés, et vous pouvez, dans
un coin du vaste salon, parler à votre aise
de littérature et de beaux-arts à des hommes
qui savent, à des intelligences d'élite qui
connaissent les gloires de tous les pays.

Ceci est l'exception, je vous en préviens,
car vous ne trouverez aucun écho dans la
foule si vous faites entendre les noms des
Montaigne, des Pascal, des Montesquieu,

des Calderon, des Locke, des Pope, des Milton, des Camoëns, des Goëthe, des Torquato. Qu'est-ce que tout cela? vous dira votre voisine; je n'en connais aucun. Vont-ils chez Laveilleuse, chez madame Lepain, chez Constant? Jouent-ils bien à l'écarté? Quelle est la maîtresse de chacun d'eux?

Est-ce que vous croyez que ce n'est pas curieux à étudier de beaux corps de femme, de belles têtes sous de brillantes parures, dont toute la vie est dans la joie d'un festin, dans l'enivrement d'un bal, dans l'effervescence d'un cancan, dans les mille et mille labyrinthes d'une intrigue vingt fois rompue et renouvelée?

Essayez une fois, et vous verrez si le philosophe ne se prend pas à la glu d'une douce parole, au velouté d'une regard clandestin.

Vous montez un escalier à gauche, quelques degrés seulement, vous voici à un entresol. La porte s'ouvre, Auguste vous introduit, ou bien une couturière jeune et gentille, qui s'empare de votre chapeau et de votre canne, et en passant, votre odorat est agréablement flatté par les parfums d'une cuisine où trône le plus habile cordon-bleu de ces réunions si animées.

Voici la salle à manger, grande, spacieuse : le couvert est mis, les chaises sont à leur place, tout est propre, bien tenu, presque élégant, l'œil de la maîtresse a passé par là ; c'est une amorce, je vous l'atteste, œil qui a chatoyé pendant trente-deux ans, mais toujours vif, piquant, spirituel, mais regardant tout à la fois et conservant, malgré son air dominateur, quelque chose de doux, de bienveillant qui reflète la bonté de l'âme.

A. L. vous salue, vous glisse le mot coquet, vous fait entrer dans son salon et vous laisse passer devant sa chambre à coucher sans vous y pousser de la main.

Après vous, un autre; puis encore, et encore, et encore. Six heures vont sonner. Brebis arrivent au bercail, on jase, on se dit les nouvelles du jour ou de la veille dans l'embrasure d'une croisée.

— Rosalie est veuve.

— Bah !

— Émilie a quitté son même.

— Bah !

— Madame Lev... a un amant.

— Bah ! rien qu'un ?

— Oui, elle se gâte !...

— Madame Ai... est brouillée avec son Guguste.

— Bah !

— Madame Desj... a repris son premier.

— Bah !

On a l'air fort étonné de tout ce bouleversement, et on s'y attendait, car on y est façonné depuis que l'élégante habituée du lieu s'est senti un cœur ou deux, depuis que le jeune homme a compris le bonheur du changement.

— On a servi !

Tout le monde est debout ; un instant après, tout le monde est assis. La maîtresse de la maison seule, en face d'une énorme pile d'assiettes, commence le service.

Ici point de préférence, si ce n'est parfois en l'honneur d'une dame qui a traversé la

grande, la terrible révolution de 93, au milieu de toutes les sanglantes agitations po-
pulaires, et puis encore pour... Je ne me
souviens pas du nom de ce préféré si fidèle
dans ses affections, si constant dans ses
amours... Je sais seulement que les cheva-
liers du moyen âge n'ont pas été plus sou-
mis, plus dévoués à leur beauté que celui
dont je regrette d'avoir oublié le nom, mais
que je retrouverai peut-être une autre fois.

Le potage est servi, il est délicieux, ainsi
que le bœuf qui lui succède; puis le poisson,
toujours frais; puis un nouveau plat non
pareil à celui de la veille ou du lendemain :
car ici on aime en tout le changement, la va-
riété; puis une belle volaille étalant aux regards ses formes rousses, rondelettes et dé-
licates, que madame L... découpe avec une

grâce toute particulière; puis une salade que j'engage madame S... à ne pas trop assaison- ner de vinaigre ou saupoudrer de poivre; puis un plat de légumes; puis un gâteau de riz ou d'amandes, des chinois ou autres frian- dises; puis enfin un dessert confortable : le tout accompagné d'un vin délicat et clos par la demi-tasse et le petit verre.

Vin et pain à discrétion, cela va sans dire; A. L... ne rogne pas les rations, elle veut que vous vous en donniez à cœur-joie et que vous sortiez de chez elle heureux et repu.

Est-ce le mot? Non, il est trivial; mais le voilà écrit, qu'il y reste.

On ne mange pas toujours à table, et les mets ne sont bons qu'assaisonnés par une conversation plus ou moins familière. Ici les

gais propos frisent de si près la polisson-
nerie, qu'on dirait qu'ils y touchent. Un pas
de plus, ce serait trop ; un pas de moins serait déjà fort raisonnable.

Si vous n'êtes pas satisfait de la conversation générale, votre voisine est là, qui
vous tiendra tête et vous permettra la gau-
driole, en vous invitant toutefois à causer
les deux mains sur la table. *Mira i non tocca.*

Madame Bert... sait tant de choses de
notre grande, de notre terrible révolution,
qu'il y a bien des anecdotes curieuses dans
cette tête de soixante-dix-huit ans toujours
jeune ; il y a de bons sentiments dans ce
cœur toujours chaud ; et en quittant madame
Bert..., vous avez appris quelques traits de
courage, de dévouement ou d'héroïsme que
vous vous rappellerez plus tard avec plaisir.

Madame S... a la mémoire bien meublée
aussi ; mais ses histoires, à elle, ce sont
celles du jour, et pas une anecdote scanda-
leuse du quartier ne glisse inconnue devant
elle. Quelle immense encyclopédie que la tête
de madame S..., qui assaisonne trop la salade et qui épice un peu trop aussi ses confidences !

Çà et là, au milieu du cliquetis des lan-
gues, une douce voix hollandaise vous arrive
comme un son ami. Silence ! la voix, les pensées de mademoiselle... n'ont qu'un maître,
et ce maître en est digne : noblesse de maison et noblesse de principes voyagent souvent de compagnie.

A côté de M. de C... s'assied presque toujours le marquis de G... et le vicomte de S...,
trinité instruite et parlant joyeusement de

choses sérieuses, de philosophie, de politi-
que, de morale. Où diable n'en parle-t-on
pas? Et pour couper court à cette conversation hétérogène, vlan ! voilà la jolie, la
jeune, l'incandescente mademoiselle Em...,
de Blois, qui jette son mot galant au milieu de la phrase :

— Avez-vous entendu ce mot?

— Oui.

— Eh bien! vous connaissez mademoiselle
Em..., fille heureuse, toute d'une pièce,
riant de tout, s'amusant de tout, de l'amitié,
de la tendresse, du dévouement... Fasse le
ciel qu'elle n'ait pas à se rire un jour de la
misère! car mademoiselle Em... est la bonne
fille de Béranger des pieds à la tête.

Chut! madame Desj... lance son mot:
c'est une épigramme. Madame Desj... ne

comprend pas le madrigal dans la bouche d'une femme... Quel dommage! la sienne est si jolie! ses dents sont si blanches! j'allais dire si aiguës! Et puis quand on possède des épaules si arrondies, quand on se met avec tant de goût, quand on est jeune encore, spirituelle, agaçante, on a droit à l'impunité, et nous sommes nés pour le pardon des injures.

Gare! gare! voici une causerie de M. L..., le Joconde du lieu et de bien d'autres encore. Presque toutes les femmes que vous voyez là ont acquis le droit de le tutoyer. Qu'est-ce que cela prouve? Que l'amitié a ses priviléges, voilà tout. Je ne crois pas que M. L... ait jamais dit un mot à l'oreille d'une dame, que sa parole arrive retentissante à toutes; ainsi fait-il, et chacun sait

es affaires dont il s'occupe et ses conquêtes
de la semaine. Le livre de la vie de M. L...
n'est jamais fermé. Il assurait naguère que
sa passion la plus éternelle avait duré huit
jours.

Je le sais capturé depuis un mois, et il
ne cherche pas à rompre ses fers. Cela prouve
encore que mademoiselle... souveraine ré-
gnante est une des plus généreuses et des
plus aimables prêtresses de la maison de madame A. L...

Hélas! j'écris aujourd'hui cette page;
avant qu'elle soit achevée, nous verrons
peut-être M. L... agenouillé à un autre autel.

Silence! madame Der... chante, tout le
monde écoute, hors M. L..., qui jase. Voyez
là-bas un homme qui pleure d'attendrisse-
ment. C'est le grand Charles; il pleure quand

on chante, il pleure quand il gagne, il pleure quand il perd, il pleure quand on le refuse à un jeu, il pleure quand on l'y reçoit, il pleure quand il rit.

Quel pleureur que M. C..., à qui tout le monde lance la pierre sur ses pleurs et qui n'en pleure que de plus belle ! Au reste, bon garçon et supportant bravement les quolibets qui l'assaillent sans relàche.

Que vous dirai-je de mesdames B..., A...? Rien, ma foi, car je ne sais pas tourner le madrigal, et ces personnes sont au-dessus de l'épigramme.

La société qui compose la maison de madame A. L... varie selon les saisons. Aux beaux jours, les riches désœuvrés de la province viennent y porter leurs causeries surannées ; et à l'époque des frimas, c'est

la capitale presque seule qui fait les frais des
soirées. Ah! monsieur Lap..., si je voulais
vous traduire ici à la barre et vous punir
de vos conquêtes clandestines! ce serait un
prêté rendu, convenez-en ; mais je suis généreux et je vous laisse à vos bouquets à
Chloris.

Je ne poursuivrai pas le cours de mes études individuelles, la masse est là, se diri-
geant petit à petit vers le salon où les plaisirs sont variés et où ils se prolongent bien
avant dans la nuit.

Il est une heure du matin, les uns pen-
sent, les autres sourient, on se serre la main,
on s'égratigne, on se donne rendez - vous
pour les jours suivants. On arrive à l'anti-
chambre, chacun prend son chapeau... Le

cordon, s'il vous plaît... Et le grand Charles pleure toujours.

C'est à en pouffer de rire.

DINER LAVIELLEUSE.

XIII

Dîner Lavieilleuse.

Une maison a résisté aux secousses qui ont renversé ses rivales, traquées par des visites de police, fréquentées par des intrigants et des escrocs qui allaient y exploiter leur industrie, tantôt prospère et enivrante, tantôt maigre et souffreteuse. Cette maison est

arrivée aujourd'hui à vivre de son passé plus
encore que de son présent, et la voilà cour-
tisée par les étrangers, que sa vieille réputation y attire en donnant des bals confortables et des dîners assez mesquins à quelques
habitués aux cheveux grisonnants, à quelques désœuvrés las de leurs cinquante printemps sans y comprendre les hivers, et à une
demi-douzaine de panthères hurlant leurs
amours à autant de lions qui n'en veulent
point, parce qu'ils savent bien que chez elles
la chose et le mot ne se sont jamais ressem-
blé.

Si vous n'avez point passé toute votre vie
à Tombouctou, au centre de cette mystérieuse Afrique qui a dévoré tant d'intrépides
explorateurs et dont je suis revenu en dépit
des yatagans, des maladies pestilentielles,

les lions qui envahissent les forêts, des cro-
codiles qui peuplent les fleuves, du désert
silencieux et du redoutable simoun qui le
réveille et le bouleverse;

Si, né dans la Polynésie, vous avez quitté
es éternelles solitudes et dit un long adieu
aux kangurous, aux pins de Norfolk;

Si, de retour de la Chine ou du Japon, vous
avez mis le pied sur le sol européen et que
vous sachiez qu'il existe une capitale nom-
née Paris...

Il est difficile que vous n'ayez pas entendu
parler des dîners Lavielleuse, pourvu toutefois que vous aimiez à dîner comme on dîne
à peu près partout où l'on dîne.

Ce n'est pas la table qui vous attire ici,
ce ne sont pas les mets préparés par un demi-
cordon-bleu assez insouciant de sa réputa-

14

tion : c'est le monde étrange dont vous allez
être entouré, c'est la conversation plus étrange encore qui va se dérouler à vos oreilles
et vous empêcher d'apprécier le mérite du
potage, le confortable d'un rosbif ou le
fumet d'un flacon de Bordeaux.

Vous tombez des nues, vous avez l'air
d'arriver des Antipodes. Des mots inconnus,
pareils à des syllabes cabalistiques, se pres-
sent, se croisent, se heurtent et forment
un cliquetis bruyant, indestructible, qui
vous fait douter de votre intelligence. Ce
n'est pas que l'on y élève la voix comme on le
ferait sur une place publique. Du tout, ces
choses-là se disent assez à voix basse, comme
si on avait honte de leur donner un libre
cours, comme si on craignait que le voisin
ne les prît pour lui ; et d'ailleurs la maî-

tresse de la maison est une dame de bonne compagnie, aux excellentes manières, et le son de la trompette ou le bruit du clairon lui ferait crier miséricorde.

Un ami vous a annoncé..., vous savez, un de ces amis chauds, dévoués, que vous connaissez depuis... deux heures. Il vous a trouvé sur le boulevard ; sans le vouloir, il vous a marché sur le pied, il vous a demandé pardon avec des manières fort avenantes ; vous lui avez rendu courtoisie pour courtoisie, la conversation s'est engagée, vous avez fait quelques pas à côté l'un de l'autre, vous êtes arrivés au coin de la rue Louis-le-Grand.

— Adieu, monsieur, me voici au bout de ma course.

— Vous logez là ?

— Non, monsieur, j'y vais dîner.

— Un de vos amis sans doute?

— Une table d'hôte.

— Bah! si j'osais...

— Osez, monsieur, je suis votre patron.

Ce n'est pas plus difficile que cela, vous montez un grand escalier, vous êtes à un premier étage dont les croisées donnent sur le boulevard, poste ravissant où vous vous étalez à votre aise.

— Madame, c'est un de mes meilleurs amis que je vous présente.

— Qu'il soit le bienvenu. Son nom?

— Votre nom, monsieur?

— Adrien Lefébure.

— Ah! oui. C'est ce cher Adrien, qui a de l'esprit comme vous et moi, et sur le pied

duquel ma bonne fortune vient de me jeter,
il n'y a qu'un instant, en face de Tortoni.

— Vous nous devez une revanche, monsieur, car aujourd'hui nos dames sont au
bois ; la journée a été si belle !

— Mais j'en vois là quelques-unes dont
es grâces...

— Ne parlez point du passé, monsieur.

— Dont la candeur...

— Ne parlez point des absents.

— Je suis fixé.

— La porte s'ouvre à deux battants. Ces
dames et ces messieurs sont servis.

Repas ordinaire, demi-français, demi-an-
glais, quelque chose de bâtard et d'équivo-
que, viande et poisson à la fois. Et puis, un
spectacle plus triste encore, le grêle carafon
de vin en présence de chaque couvert ; c'est-

à-dire : Voilà votre ration, vous paierez le surplus.

Je n'aime pas à me voir mesurer les mets, l'air, l'espace et les passions. Je veux de la liberté en tout pour vous et pour moi ; qui m'enchaîne me déplaît ; je n'irai plus dîner chez Lavielleuse.

Au reste, il y a de la flatterie dans les paroles de madame Lavielleuse, et le tableau d'aujourd'hui ressemble aux tableaux des autres jours. Vous y trouvez, comme je vous l'ai dit, une société à part, un monde exceptionnel, un groupe de femmes ayant passé la quarantaine ou la frisant de si près qu'on les dirait à cheval sur les huit lustres ; assises, attentives à ce qui se dit, à ce qui se passe autour d'elles, comme si les mots de tendresse qui résonnent à leurs oreilles n'étaient pas encore oubliés, comme si l'hiver avait la prétention de se parer des fleurs du printemps.

Rien ne m'attriste comme le cimetière qui veut être gai, rien ne m'afflige comme la vieillesse qui étale à l'air ses épaules osseuses. Je vous dirais bien cela, mesdames D., R. et G., mais vous ne me comprendriez point, et pourtant votre petite-fille allaite son nouveau-né.

Vite, vite, courons au contraste, voici l'Oiseau de Proie. Ceux-ci l'appellent madame d'A..., par ceux-là elle est baptisée Vautour; quelques-uns la saluent du nom de Colibri, le plus grand nombre, par la désignation impertinente ou flatteuse, l'Oiseau de Proie.

Elle est rondelette, faite au tour, elle se chausse pour l'ordinaire avec des souliers brodés d'or ; ses bas sont brodés aussi, j'ignore la couleur de sa jarretière. Elle s'habille avec goût, avec élégance, elle est gantée assez juste pour arrêter la circulation du sang, et ses collerettes en guipure voilent à demi un cou et une poitrine parfaitement harmoniés.

Elle parle pointu, aigu, les dents serrées, ses petites lèvres pincées. Chacun de ses madrigaux a l'air d'une épigramme, chacune de ses épigrammes ressemble à un sarcasme comme deux gouttes de salive. Elle provoque son voisin de droite, elle *asticote* son voisin de gauche, elle *impertine* le monsieur du bout de la table, elle tient tête à tous ; et comme naguère elle était dans une débine complète et qu'elle est aujourd'hui sémillante, odorante, pimpante, mirobolante, ébou-

riffante, elle parle d'or, de bijoux, de diamants, de carrosses et de cachemires, comme
si toute sa vie s'était écoulée dans l'opulence
et la prodigalité.

On la dit méchante, atrabilaire, hargneu-
se, acariâtre, rancunière, et malgré cela personne ne peut la souffrir.

Eh bien! vous avez tort, messieurs et
mesdames, l'Oiseau de Proie, ainsi nommé
parce que ses yeux sont ronds et flamboyants,
son nez très aigu, sa bouche rentrée et son
menton avancé, l'Oiseau de Proie, dis-je,
ne mérite point vos antipathies, et à tout
prendre, elle est bonne fille : demandez
à vos galants qu'elle vous a enlevés. Qui
sait! ne serait-ce point pour de pareilles ra-
pines que vous l'avez appelé l'Oiseau de
Proie?

Vous trouvez encore chez madame Lavielleuse des industriels émérites qu'on a
vus partout, excepté à l'Institut, au collége de France, à la Sorbonne, à la cathédra-
le, et parmi ceux-ci un grand, gros, brun,
pincé depuis quelque temps, musqué, ganté,
botté, verni, se posant en triomphateur,
disant à voix basse à l'oreille de chaque
femme son petit mot de fadeur qui retentit
au bout du salon ; riant, jabotant, pérorant
comme sur la place publique, et observant
ses vides paroles par des confidences plus si-
gnificatives, par des éloges si réguliers de
quelqu'un, qu'on devine aisément que ce
quelqu'un lui a fait sa leçon.

— La connaissez-vous, mademoiselle ou
monsieur?

— J'en ai entendu parler.

— Ce n'est rien que de la connaître super-
ficiellement, je vous présenterai à elle.

Ceci est pour le monsieur, pour peu qu'une
bague brille à son doigt et qu'il fasse tinter
quelques louis dans sa poche.

— C'est une femme étonnante, ravissante, entraînante, merveilleuse, radieuse, harmonieuse, c'est un prodige ! Madame de Sé-
vigné ! gnognotte ! Madame de Staël ! pouet !
Ninon de Lenclos ! c'est mieux, mieux en
tout, elle, c'est mieux que ces trois commè-
res ; et le billet doux surtout, personne ne le
tourne avec cette grâce, cette désinvolture,
ce parfum ! C'est à en perdre la tête.

— Quel éloge !

— Demandez à tout le monde, ses lettres
courent l'univers.

— Le nom de l'incomparable ?

— A. S.

— Tiens ! j'ai reçu plusieurs de ses pou-
lets.

— Et moi aussi.

— Et moi aussi.

— Et moi aussi.

— Voyons.

— Voyons.

— Voyons.

Absolument les mêmes phrases, les mêmes expressions, les mêmes fautes d'orthographe, la même tendresse à tous... C'est
donc une circulaire?

— Il paraît, messieurs, que vous avez
tous un mérite égal.

— Il paraît plutôt qu'elle a pour tous la
même tendresse.

— Alors, messieurs, je ne vous présenterai pas.

— Ce n'est pas nécessaire, nous nous sommes présentés nous-mêmes.

Le bizarre, l'inouï, le honteux de tout ceci, c'est que le présenteur est le *frère* de la princesse au style cosmopolite.

Soyez ravaudeur, commissionnaire, garçon d'écurie, batteleur, paillasse ; mais ne présentez personne à votre sœur et ne soyez pas vêtu comme un prince si vous faites l'office de *valet*.

Les *délassements* de l'après-dîner chez madame Lavielleuse sont plus calmes, plus silencieux que chez madame L...; seulement de temps à autre un cri s'échappe d'une poitrine irritée, une réplique violente est partie, un bras, deux bras, trois, quatre

15

bras se lèvent, un soufflet tombe, un coup de pied lui répond, les chaises volent, les flambeaux sont renversés, les dames effrayées se sauvent, et un instant plus tard, un cartel est accepté.

Le lendemain le cartel se vide chez le traiteur, et les deux adversaires se demandent mutuellement pardon de leurs bosses au front, de leurs meurtrissures et de leurs déchirures aux mains. Quant aux ignobles épithètes échangées, il n'en est plus question, on ne les a pas entendues, ou bien on les a entendues si souvent qu'on s'y est familiarisé. N'en parlons plus.

Les bals de Lavielleuse sont sans contredit les plus brillants de ceux donnés dans les maisons analogues. Vous voyez là de fraîches toilettes, d'élégantes danseuses, de gros-

ses ou sveltes bayadères, et par-dessus le
marché on y trouve une fort avenante jeune
fille causant avec esprit, avec distinction,
faisant venir à propos de tout un mot sacré
sur ses lèvres, parce que ce mot part du cœur,
où il s'est niché sans qu'on puisse l'en arra-
cher désormais. Mademoiselle L. F.... a de
vilaines mains, un vilain organe, une très
jolie figure, elle aime les hommes de talent ,
et je voudrais bien écrire comme Balzac, être
dramatique comme Soulié, penser comme
Nodier, dessiner comme Gavarni.

Auprès d'elle vous rencontrez presque
toujours mademoiselle Louise M....., gracieuse enfant dont le bambin se porte à merveille, jeune novice aux regards de gazelle,
bonne, timide dans un monde où tous sont
méchants et audacieux, brûlant de briser

ses chaînes et devinant déjà les félicités de l'émancipation. Je vous défie de voir mademoiselle Louise M...... sans lui adresser une parole de tendresse ; je vous défie de résister au coup d'œil assassin qu'elle vous lance si elle veut vous soumettre. Puis sa mère, qui a plus d'esprit que vous et moi, et qui s'en est si mal servi, autrefois la plus belle et la plus piquante de toutes les prêtresses de ces salons aventureux ; puis encore cet essaim de folles vierges papillonnant sur chaque sentier, laissant à chaque ronce de la route un débris d'aile diaprée, buvant à tous les calices, répondant à tout gazouillement et ne connaissant de la vie que ses agitations.

Hélas ! hélas ! hélas ! que de natures privilégiées viciées avant l'âge ! que de bienfaits du Créateur lancés au vent !

Il y a aussi des soupers après les bals !
Vous connaissez les dîners, ceci est un reflet
exact, mais avec un degré d'excitation de
plus. Le champagne pétille, il achève l'œuvre de la contredanse et du galop, et c'est à
recommencer les jours suivants.

Tout ceci pour trois francs. Ne vous y fiez
pas trop, messieurs, il en coûte plus cher que
je ne vous dis.

DINER AUX CAFÉS ANGLAIS,

FOY, DE PARIS,

ET A LA MAISON DORÉE.

XIII

Dîner aux Cafés Anglais,

Foy, de Paris, et à la Maison dorée.

Voici quatre jouteurs, quatre athlètes toujours en présence, quatre rivaux prêts à se déchirer ou plutôt à se dévorer entre eux. C'est que, voyez-vous, la force de l'un fait la faiblesse de l'autre, et la richesse de celui-ci consomme la ruine de celui-là.

La vogue, cette capricieuse fille des jours anciens et modernes, étend sur ces quatre restaurateurs ses faveurs passagères, se joue de leurs prévisions, détruit leurs espérances ou les enivre de gloire et d'or. Il faut voir aussi les efforts des maîtres du lieu pour écraser les voisins par le luxe du linge, le confortable de la vaisselle, l'élégance et le poli des garçons, le splendide des salles et le mystère des cabinets particuliers.

Jamais général n'a mieux étudié et mûri ses plans de campagne, jamais coquette aux aguets d'un beau milord n'a mieux dressé ses batteries contre l'airain d'un cœur ou les cadenas d'un coffre-fort, et il est vrai de dire que chacun de ces établissements commence par se ruiner avant de s'enrichir.

Lequel des quatre restaurateurs est le meilleur? Je suis très peu gastronome, point gourmet, et je ne puis trancher la question que par ouï-dire. Aussi je me prononce en faveur... de tous les quatre, car les juges du différend sont tous divisés d'opinion.

Aujourd'hui cependant, en l'an de grâce 1842, c'est la Maison dorée qui a la vogue : l'or appelle l'or, et comme dit la sagesse des nations, l'eau va toujours à la rivière.

Quels sont les habitués de ces restaurants du premier ordre? A peu près tous ces jeunes gens étrangers aux économies, qui ont cabriolet, équipage, ou qui en ont eu, ou qui pourraient en avoir, fashionables insouciants dont le présent et le passé seuls font l'existence, ne songeant jamais au lendemain, ne vivant presque que de la vie horizontale,

et n'estimant un plaisir vrai que s'il est coûteux. Pour eux, la fidélité d'une maîtresse
est chose superflue; ils la veulent belle et
brillante d'abord, la sagesse viendra si elle
vient. Ils la mènent là au Café de Paris dans
un cabinet chaud l'hiver, aéré, ouvert à la
brise l'été; puis quand l'œuvre solennelle
est accomplie, le vautour prend son essor
d'un côté, la colombe s'envole d'un autre et
l'on se rencontre le soir après le spectacle
ou le lendemain après le bain, sans se demander comment et avec qui l'on a passé les
courtes heures de l'absence.

Vous comprenez bien que je ne parle pas
ici des jaloux, race exceptionnelle et mau-
dite, rôdant la nuit par la pluie et le froid,
loups-garous damnés, ne rêvant que trahison, arsenic et poignards, ne mordant ja-

is dans une bécasse qu'avec une rage de
ssédé, ne broyant une truffe odoriférante
'avec délire, et ne parlant à l'objet
leur plus douce affection qu'en se dé-
irant la poitrine avec les ongles. Le ja-
ux demande deux potages, trois biftcks
beurre d'anchois, quatre charlottes; il
it arriver les plats, y trempe une miette,
plonge le couteau et redemande autre chose.
ous diriez qu'il va épuiser les fourneaux et
der la cave. Point, il s'est assis, il a hurlé
quand on lui présente sa note, il se trouve
'il a avalé pour quatre-vingts francs de
lats restés intacts au profit des garçons du
eu, je n'ose pas dire des autres consomma-
urs; car ici tout se fait sans ladrerie, et
uand l'établissement prospère, ce n'est ja-
ais par des moyens qui sentent le crétinisme.

16

On se figure en province que le jeune homme qui va d'ordinaire faire ses repas dans ces riches cafés se ruine à table. C'est une erreur à rectifier, car il faut que les provinciaux connaissent aussi les jouissances de la gent parisienne et lionne.

Vous entrez, vous demandez le strict nécessaire ni plus ni moins, comme un bon bourgeois ; une douzaine d'huîtres vertes ou six douzaines d'Ostende, la demi-bouteille de Chablis, un potage, du beurre et des radis, un filet aux champignons ou aux truffes, une truite ou un merlan, un canard ou une caille, ou un perdreau, une salade de homard, une sucrerie et un dessert. Le tout, avec le vin ordinaire de Mâcon, sans y comprendre même le café, le petit verre et le cigare, ne vous coûtera pas plus d'une vingtaine de francs. Un franc pour le garçon, cela fait vingt-et-un francs, si Barême est juste et si je me souviens de mes études.

Or, vingt-et-un francs par jour pour son dîner, quatre francs cinquante centimes pour le déjeuner, vous voyez que je vous prêche une sobriété exemplaire. Au bout de votre mois vous n'avez dépensé que sept ou huit cents francs, tout bien compté.

Les mathématiques, quoi qu'on en dise, sont bonnes à quelque chose.

Maintenant que vous êtes au fait de tous ces détails de bourse et des secrets culinaires dans les restaurants que je vous signale, vous pouvez vous y rendre en toute sécurité; le vrai confortable est là, Véry n'est pas mort sans successeurs.

Si en fouillant dans les vérités tristes ou

joyeuses de cette vie réelle, j'interrogeais
les heures écoulées entre la fin d'un opéra et
le commencement d'un calme imposé par la
nature, je trouverais exorbitant le chiffre des
dépenses exigées pour la nourriture du corps,
mais il y aurait péril à la révélation, et par
cela même vous vous empresseriez peut-être
de tomber dans le piège signalé. Remerciez-
moi de mon silence ; et, heureux du bien-
être que le ciel a jeté dans votre famille, vi-
vez de cette vie de sybarite que je viens de
retracer ; vous voyez combien elle est peu
coûteuse.

DINER AU ROCHER DE CANCALE.

XIV

Diner au Rocher de Cancale.

Il est des réputations qui résistent aux coups du temps et de la calomnie, il est des gloires que les années ne peuvent affaiblir, tant est solide l'appui sur lequel elles reposent.

Les Beauvilliers, les Véry, ont traversé

les époques sans avoir eu rien à souffrir des
caprices de la mode, sans avoir à gémir de
l'inconstance des hommes : c'est que le bon
est toujours bon ; c'est que nous ne nous en
tenons pas toujours aux cent voix de la renommée et que nous aimons assez à juger
par nous-mêmes du mérite des choses.

Le Rocher de Cancale, rue Montorgueil.
jouit d'une réputation européenne ; il a peut-
être moins de splendeur, moins d'éclat que
par le passé ; mais c'est là toujours un restaurateur excellent, délicieux, que nul autre
n'a surpassé et qui tient à rester à la place
qu'il a conquise par l'excellence de ses vins
et par l'habileté de son chef, digne émule
des Vatel et des Carême.

Des établissements rivaux ont voulu s'é-
lever dans les environs du Rocher de Can-

cale, et tous ont succombé à la peine en dépit des ruses et des artifices sournois à l'aide
desquels ils dupent surtout les provinciaux.

Quand ceux-ci arrivent à Paris le gousset
bien dodu, l'appétit bien aiguisé, la curio-
sité bien stimulée, dans le but de connaitre
tous les plaisirs de la grande capitale, ils se
dirigent vers les lieux qui leur sont indiqués
par le cicerone de leur hôtel. Or, qu'avaient
imaginé certains industriels voisins de la
rue Montorgueil? Ceci est assez drôle pour
être raconté.

L'un d'eux plaça sur la porte de sa maison
une enseigne vaniteuse avec ces mots : *Au
Rocher de Tantale*. Il y eut procès en con-
trefaçon, le matois contrefacteur se vit con-
damné à changer son enseigne, qu'il modi-
fia ainsi : *Au Nocher de Tantale*. Autre pro-

cès, autre condamnation ; et tandis que ces comiques débats avaient lieu entre les deux jouteurs, un troisième se dressait qui faisait inscrire sur son bouchon : *Au Rocher du Cancan.*

Une nouvelle condamnation assura les droits et le triomphe de l'illustre restaurateur.

La législation est sage et précise à cet égard. Nul ne peut emprunter une enseigne connue sans changer de quartier.

Il y a plusieurs magasins intitulés *A la Mère de Famille*, mais ils ne sont pas sous la même juridiction. Ainsi a-t-on fait de l'illustre Y grec, répandu aujourd'hui dans tout Paris, et dont le créateur a su amasser une fortune immense.

Le *Rocher de Cancale* a cela de bon et de

mauvais à la fois, qu'il est loin de toutes les habitudes des fashionables du brillant quartier.

On ne va là que pour y aller : c'est une partie. On s'y rend quand un succès de boulevard appelle les curieux au faubourg du Crime ; on s'y donne rendez-vous clandestin avec la maîtresse d'un ami intime ou la femme du voisin ; car, dans ce bienheureux restaurant, les cabinets sont silencieux et sombres, les garçons discrets, et le propriétaire aveugle et muet au moral. Ils nieraient les uns et les autres que la colonne Vendôme s'est dressée dans leurs salons, alors que tous les vieux grognards de l'ancienne garde seraient venus s'agenouiller devant ses aigles.

Le restaurateur doit être de l'école du

trappiste s'il tient au succès de sa maison.

La carte du *Rocher de Cancale* est, à très peu de variantes près, la même que celle des Véry, des Véfour et des cafés Anglais et de Paris; mais ses vins et ses huîtres sont pour lui un titre de noblesse que nul ne peut lui contester.

Il s'est passé dans un des cabinets du *Rocher de Cancale,* il y a quelques mois à peine, une aventure comico-tragique qu'il faut que je vous conte. Aussi bien trouveriez-vous courtes, vu l'importance du sujet, les quelques pages que je viens de consacrer à cette puissance culinaire.

Un gros pouf, citoyen doré de Liverpool, gourmand et gourmet comme il n'est permis de l'être que dans le pays du bifteck et du porter, se fait un jour descendre de son agnifique équipage à la porte du *Rocher*

Cancale. Les fougueux chevaux piaf-

ient comme pour appeler le dominateur

lieu. Il accourt, fait ouvrir la porte à

ux battants, en égard à la rotondité du

ddam, et reçoit le milord.

— A dîner, je vous prie.

— Milord va être servi.

— Qui vous a dit que j'étais milord?

— Votre air distingué.

— Cela n'est pas vrai, ce sont mes che-

aux, c'est mon équipage.

— C'est tout cela réuni, milord.

— Je vous remercie de m'associer à mes

êtes... Un cabinet.

— Si milord veut se donner la peine de

onter...

— Ce n'est pas une peine, c'est un plaisir, puisque je viens pour dîner.

Le couvert mis, notre gastronome bien installé à côté d'un poêle très chaud, il appelle d'une voix retentissante.

— Garçon, donnez-moi du pain.

— Milord, en voilà.

— Donnez-moi du pain rassi.

— Milord, nous n'en avons pas.

— Faites-m'en faire, j'attendrai.

Et comme le garçon riait sous sa serviette, l'Anglais continua :

— J'ai dit une bêtise, je le sais, mais les valets ne doivent jamais rire des bêtises des grands seigneurs

— Milord, ça ne m'arrivera plus.

— Tant mieux pour vous... maintenant demandez une carpe frite.

— Voyez, milord, elles sont rayées.

— C'est égal, donnez-la-moi rayée.

Et comme le garçon riait de plus belle, l'English poursuivit :

— Je sais que j'ai dit une bêtise, mais les valets ne doivent jamais rire des bêtises des grands seigneurs.

— Milord, ça ne m'arrivera plus.

— Tant mieux pour vous ; et puisque vous n'avez point de carpe rayée ni non rayée, servez-moi trois flacons de champagne et trois douzaines d'huîtres.

Le garçon sortit et veilla avec soin sur les besoins de milord. Dès que les huîtres eurent été expédiées :

— Quel potage milord prendra-t-il?

— Encore deux douzaines d'huîtres.

Quand il eut englouti les deux douzaines d'huitres, milord appela.

— Garçon, servez-moi douze douzaines d'huitres.

On les servit, et lorsqu'il n'en restait plus que les écailles, milord en demanda douze autres douzaines en disant au garçon :

— Laissez-moi maintenant méditer à mon aise sur le *petit* (menu) de mon diner. Le garçon disparut ; une heure, deux heures se passent sans que l'Anglais appelle. Mais feignant d'avoir entendu sonner, le patron inquiet entre... l'Anglais était mort.

On descendit à grand'peine le cadavre bondé dans la voiture ; son piqueur le voyant arriver dit avec sang-froid :

— Voilà la troisième fois que milord se donne le plaisir de mourir d'une indigestion.

— Il ne mourra pas une quatrième fois, répondit le maître de la maison avec tristesse.

Milord en effet fut enterré le lendemain au cimetière du Père-Lachaise. Ses amis facétieux vont déposer tous les ans auprès des restes du défunt une énorme quantité de cloyères d'huîtres.

Ce tombeau est à vingt-cinq pas de celui d'Héloïse et d'Abeilard. On lit sur un marbre noir : Ci gît Peeser, mort pour la troisième fois dans un duel avec les huîtres du Rocher de Cancale.

DINER ANGLO-FRANÇAIS A 3 FR.

XV

Diner anglo-français à 3 francs,

rue Basse-du-Rempart, n° 20.

Le feu et l'eau, l'oasis et le désert, le sourire et la tombe, une caresse et une trahison..... ces choses-là ne font pas plus contraste que le repas singulier auquel j'ai été
convié il y a quelques jours moyennant mes
trois pièces de vingt sous. Pour peu qu'un

ami veuille vous présenter, il vous est loisible de jouir du même avantage, et je ne crois pas que vous vous repentiez d'avoir si légèrement délesté votre bourse, surtout si vous vous plaisez aux études de mœurs.

Là, se trouvent côte à côte, dans des plats rivaux, les mets les plus savoureux de la cuisine française et les plus grossières inventions des cordons-bleus manqués de la Grande-Bretagne. C'est à tuer l'appétit le plus vorace, c'est à vous faire maudire les douceurs des dîners les plus somptueux.

Je crois que si l'on m'offrait en vis-à-vis des ortolans et des choux, des cailles et des pommes de terre, du plumpouding à la chipolata et des ognons crus, des truffes et des carottes... si l'on m'invitait à la fois à boire du constance et de la piquette, du clos-

laffitte et du surêne, du chypre et du
saintonge, je mourrais de faim en présence
d'un si épouvantable contraste, je crèverais de
soif en face d'un aussi déplorable sarcasme.

Si le peintre aime l'harmonie des couleurs,
le philosophe l'harmonie des passions humaines, le libertin l'harmonie de désordre,
le gastronome émérite doit aimer par-dessus
toutes choses l'ordre et l'harmonie du service.

Un excellent mets présenté dans une gros-
sière porcelaine me paraît moins succulent
qu'un mets commun offert sur un plat de
vermeil. Je comprends tous les luxes,
surtout celui de la table et de la propreté,
et je suis bien plus flatté d'un soufflet donné
par une main rose et effilée que d'une ca-

resse octroyée par des doigts ternes et sans
parfum. Êtes-vous comme moi?

La régente de la maison où je vous con-
duis aujourd'hui est Anglaise des pieds à la
tête, et c'est tout au plus si elle prononce
passablement le mot *oui* de notre langue;
en revanche, elle dit d'une manière fort dis-
tincte les deux syllabes cosmopolites *beaf-
teak;* le progrès viendra plus tard peut-
être.

Presque tous les conviés à sa table, presque tous les habitués, sont enfants dévoués
de la Grande-Bretagne, et vous le devinez à
leur teint pâle ou roux, à leurs cheveux
blonds ou dorés, à leur manière de bonne
compagnie, mais surtout à leur conversation,
tenue presque toujours à demi-voix. Je
crois, Dieu me pardonne, que nos voisins

outre-Manche se dirent à voix basse que
apoléon est un grand homme et que leur
rter ne vaut point l'aï première qualité.
ıant à leurs conquêtes amoureuses, per-
nne ne s'en doute, pas même eux, je gage :
st la discrétion de la tombe.

Vous comprenez qu'avec un tel monde
couvert doit se ressentir horriblement du
ding, de la pomme de terre et du *ros-
ef;* mais une mystérieuse protectrice est
qui veille sur les appétits français et les
fend contre les grossières erreurs de la
stronomie anglaise. Madame Ropignon,
ıi a la direction apparente de la maison,
est en réalité qu'une puissance exécutrice :
suprême dictateur est l'être mystérieux
ıe je viens de vous signaler.

18

Le cuisinier est Français, mais Français
de bonne race

En effet, c'est-à-dire tout en servant à la
gent anglaise ses mets favoris, force pommes
de terre en chemise, force légumes cuits à
l'eau, des pièces de mouton et de bœuf
rôtis, sanguinolents, volumineux, à fermer
l'appétit le plus robuste, il a toujours grand
soin de préparer, en faveur de ses compatriotes, quelques plats de sa façon, et cette
façon est fort recommandable.

Les jours ordinaires, le dîner est délicat
et copieux ; on y présente le potage, deux
entrées flanquées de tous les assaisonnements
possible, anglais et français, quelquefois
deux rôtis, dont un de gibier, la salade de
famille et des légumes de toutes sortes ; tout

cela moitié dans le goût parisien, moitié dans le goût britannique.

Le vin y est servi mesquinement, de plus c'est un liquide aigre et nauséabonde, né sans doute du monstrueux accouplement de drogues pharmaceutiques et de bois de teinture des colonies.

Des entremets sucrés et du dessert..... éclipse totale. L'Anglais aime mieux le poivre, le sel et la cannelle que les douceurs et les mignonneries qui embellissent nos diners coquets et d'apparat. A cela près, l'on se réconforte raisonnablement chez madame Ropignon.

Quant aux jours extraordinaires, oh! oh!..... C'est absolument la même chose, plus une pomme ou un mendiant présentés avec un sourire de satisfaction qui provoque le vôtre sans en obtenir une réponse.

La table seule n'appelle pas les chalands chez madame Ropignon : on y vient aussi les mardis et vendredis pour s'y livrer aux plaisirs de la danse, mais alors la recherche de la toilette est de nécessité première et l'on n'est point admis en veste, casquette et sabots. Ces jours-là, une cohue dévorante se presse dès cinq heures dans les salons d'attente et dans les antichambres, et comme la maîtresse du lieu ne veut en rien déroger à ses habitudes quotidiennes, il arrive souvent que cinquante ou soixante personnes sont forcées de dîner ou de faire semblant de dîner à l'aide de la pitance préparée pour une vingtaine de goulus tout au plus. Si j'étais gastronome, je n'irais chez madame Ropignon que les jours ordinaires.

La salle du festin est située à un rez-de-chaussée au fond d'une cour. Là, point de luxe, rien de confortable ; un papier coutil pare les murs sans tableaux ni gravures, la table peut contenir quatre-vingts personnes mangeant en profil, mais je crois vous l'avoir dit, on n'y en compte presque toujours que vingt ou vingt-cinq : d'un côté sont les Français, de l'autre les Anglais... le Pas-de-Calais, c'est-à-dire le potage, les sépare : vous diriez deux flottes ennemies en présence et près d'en venir aux mains.

Longue, efflanquée, couperosée, corps de logis où l'on remarque trop de plates-formes, voilà madame Ropignon au physique.

Bonne, prévenante, spirituelle, la voilà au moral ; j'estime madame Ropignon.

A côté de la patronnesse se placent d'ordinaire, venant à la file les unes des autres,
comme un vol de grues voyageuses, cinq
ou six Anglaises jeunes, fraîches, blondes et
rosées, bien calfeutrées dans leurs robes
montantes et ne parlant français que du
regard. Hélas! je vous dis ces choses-là
parce qu'on les répète à mon côté; depuis
bien long-temps je ne comprends pas même
ce langage!

Mais un mot sur nos compatriotes, il faut
être courtois aussi pour les siens.

Cette dame d'un âge mûr, placée au bout
de la table, dont la taille élevée domine ma-
jestueusement tous les dîneurs et dont l'œil
vif et clignotant se promène de l'un à l'autre
avec une préoccupation mal déguisée, c'est
la baronne de V..., la directrice anonyme

de l'établissement, jadis une des femmes les plus brillantes de la cour de Joséphine. La noble baronne emprunte à l'art tout ce que l'art peut prêter sans dissimuler les outrages des années ; elle est rieuse et folle comme à quinze ans : un coucher de soleil a plus d'éclat qu'une aurore.

Vous seriez trop heureux qu'elle voulût bien vous laisser parcourir quelques pages du livre de sa vie ; que d'anecdotes piquantes ! que de curieuses confidences ! que d'amours secrètes religieusement gardées dans ces feuillets intimes ! Faites-lui votre cour, peut-être la parole viendra-t-elle en aide à l'écriture et recueillerez-vous d'une indiscrétion forcée d'utiles enseignements pour notre histoire contemporaine : le passé est le prophète de l'avenir.

M. L..., (pardon à l'illustre banquier qui porte ce nom), est presque toujours le voisin de la dame élancée. Les vins de M. L... sont délicieux, d'après lui ; vous connaissez la piquette servie sur la table de madame Ropignon, vous connaissez par conséquent la cave de M. L....

A côté de la baronne se place aussi la comtesse de L..., autre monument de l'Empire couvert des glorieuses cicatrices de l'époque et de cent kilogrammes de joyaux. Madame de L... est toujours aussi coquettement vêtue qu'une jeune mariée, de satin rose ou bleu le plus tendre, de dentelles les plus légères ; sa perruque blonde est ornée des fleurs les plus fraîches et les plus gracieuses ; enfin la comtesse n'a pas vingt ans par sa toilette, et cependant elle a vu le sacre

de Louis XVI. Vous regarderiez plus souvent
madame de L... si l'éclat de ses diamants
ne blessait votre vue. On se dit à voix basse
que sa vie a été une joie, une ivresse de tous
les instants, qu'elle n'a pendant sa longue
jeunesse regardé les courtisans qu'en baissant
les yeux, quand on prie on est à genoux.

Plus loin s'assied en sautillant madame
de S..., petite brune agaçante et jolie, dont
l'âge est un problème ; elle cause volontiers,
et sa causerie est vive et pétillante comme le
champagne ; je la regardais parler.

Maintenant voilà madame M..., noble et
belle fille de l'Inde, à la chevelure d'ébène,
dont les prunelles ardentes étincellent comme
au crépuscule ceux d'un chat aux aguets ; sa
taille est souple et voluptueuse comme celle
d'un bambou fouetté par la brise ; sa parole

harmonieuse comme un chant céleste : autour de cette fleur diaprée, voltige sans cesse un essaim de papillons dont nul ne touche au calice. Madame M... valse à ravir.

Çà et là encore s'arrêtent ou se promènent quatre ou cinq gentilles créatures qu'on devine bien ne pas venir chez madame Ropignon pour dîner seulement ; leur gracieuseté mérite qu'on s'occupe d'elles, et c'est ce qu'on fait avec bonheur sinon avec profit.

Vous avez une idée de la masse, je vous ai dit quelques détails ; j'aime mieux ne pas pousser plus loin mes investigations, car tout le reste est plébéien, et je me suis engagé à vous montrer ce qu'on ne trouve pas à chaque pas.

Bonsoir donc à madame Ropignon.

SOUPERS RÉGENCE.

XVI

Soupers Régence.

Nous avançons, disent ceux-ci. Nous ré-
trogradons, disent ceux-là. Les uns et les
autres ont raison : nous avançons vers le
passé, si je puis m'exprimer ainsi, et cela en
mépris du présent, en inquiétude de l'avenir. Ce que nous voulons avant tout, c'est

que les heures glissent vite, c'est que le soleil hâte sa course, c'est que les nuits et les
jours s'effacent avec rapidité, c'est que la
vieillesse et les rides viennent nous visiter
avant l'âge.

Écoutez les hommes : Oh ! qu'il me tarde
d'être à demain ! c'est-à-dire, qu'il me tarde
que la tombe s'ouvre ! qu'il me tarde d'être
placé sous la protection de l'oubli ! Folie humaine !

Oui, la Régence revient, la Régence res-
suscite avec ses broderies, ses paillettes, son
luxe débauché, son luxe de parures et de
parfums ! Elle est là debout dans l'anti-
chambre, dans le salon, sous l'alcôve, elle se
pavane dans ses somptueux équipages, elle
se tord sur les tapis, les soies et les velours,
elle vole quelque chose à ses heures passées

)our donner plus de force et de vie aux heu-
·es qui vont suivre. Voici la Régence, moins
e blason , car la Régence d'aujourd'hui est
oute plébéienne, et ses armoiries à elle ce
sont les feuilles du papier timbré renfer-
mées sous double cadenas dans ses coffres-
forts bardés de fer.

Ce qu'il faut à la Régence de notre époque, c'est ce qu'il fallait à la Régence des
jours éteints, de l'air libre, du gazon odo-
rant, des bois touffus, des chevaux infatiga-
bles de l'espace ; mais surtout les fumées d'un
vin généreux, les étincelles du champagne,
les caresses et la colère de la souveraine du
jour et les dettes, que je me garderai bien
d'oublier.

La dette ! le lion qui n'a pas de dette perd
son titre de lion, c'est une brebis qui se fait

tondre, un chien qui se laisse museler, un taureau sans puissance, un dominateur sans esclaves. La dette et le lion doivent voyager de compagnie; s'ils ne se connaissent pas, s'ils sont étrangers l'un à l'autre, adieu l'orgie échevelée, adieu les longues veillées qui étouffent les agitations de la journée, adieu les nuits luxueuses qui se déroulent sans sommeil. Le sommeil c'est la mort, et quoique le lion cherche à s'éteindre, à mourir, ce qu'il redoute le plus au monde, c'est l'anéantissement, l'immobilité. La vie des lions est une trombe, et la dette est le fluide qui lui donne son énergie.

A Paris surtout, il est vrai de dire que celui qui paie ses dettes est celui qui sait le moins jouir de la vie, et je maintiens que le lion qui a moins que rien, c'est-à-dire qui

est le plus traqué sans obole, et le plus traqué par ses créanciers, se montre le plus habile viveur des jours anciens et modernes. Si
vous en vouliez des exemples, ma mémoire
en est fatiguée, et les noms propres se pres-
sent sous ma plume ardente à les révéler.
Mais je vous ai promis autre chose et je tiens
parole.

D'abord, que la lionne qui a des dettes ne
s'épouvante pas, pourvu qu'elle s'épaule de
la puissance d'un lion pur sang, car celui-ci
a des rugissements et des griffes pour la dé-
fendre et la protéger.

Venons maintenant aux petits soupers.

Le bal est clos. Vous savez? ces bals aux
mille lustres étincelants, aux mille chaudes
intrigues plus tortueuses que le labyrinthe
de Crète, le bal où se heurte et se pousse la

misère qui vient de vendre son dernier ori-
peau, et l'opulence qui y laisse son dernier
grain d'or ; le bal où l'on ne danse jamais
pour danser, où l'on entend des mots étranges, blessant tous les sens à la fois ; le bal enfin où le cœur est endolori, où la poitrine et
le corps sont oppressés, d'où l'on ne sort
qu'avec une douleur et un regret, et où cependant l'on retourne au premier appel.

Le bal est clos ; la maison du rendez-vous
est voisine : toute débauche est prévoyante.
On a retenu un cabinet pour la fête ; les fourneaux ne se sont pas éteints de la journée,
les serviteurs ont été debout pour vos plaisirs, les voilà qui accourent, qui ouvrent les
portes du réduit enchanté ! Il y a là de la
chaleur, des vases de fleurs artificielles, des
pendules qui vous trompent sur l'heure,

c'est de l'harmonie dans le mensonge : car on va s'y tenir un langage à part, on va s'y dire des choses sorties de la tête et jamais échappées du cœur, on va s'y aduler à coups de griffes, s'y quereller avec du velours : c'est un monde renversé, c'est ce monde bizarre, fantastique dont j'ai pris à tâche de vous dérouler quelques épisodes.

On a servi. Le corps reprend sa vigueur perdue dans les tourbillons de la danse, on jase peu, très peu, seulement des phrases brèves, des mots équivoques, de la satire, du sarcasme sur les absents.

L'absent n'a droit à aucun égard, à aucune fidélité, à aucun dévouement; on a trop de bonté de parler de lui, on doit l'oublier, buvons à l'absence de l'absent.

Et dans le cabinet voisin, il y a écho parfait des propos tenus dans celui-ci et dans les cabinets éloignés ; c'est le même écho qui se prolonge et se repercute jusqu'au fond des rues adjacentes.

L'absent est un vrai martyr, et comment ne pas l'être martyr, puisqu'on ne peut s'asseoir à deux banquets à la fois.

Il est trois heures du matin, le champagne arrive.

— Auguste, je parie le souper que mon bouchon arrive plus près que le tien d'un point marqué au plafond de ce cabinet.

— Je tiens le pari.

— J'en suis aussi, dit Oscar.

— J'en suis aussi, poursuit Anatole.

La bouteille est placée au milieu de la table, le but est marqué au plafond, le fil d'archal est enlevé, les yeux des convives se lèvent, et lionnes, panthères et lorettes, sont les juges du cartel. Le bouchon part...

— Trois pouces, marque.

Au tour d'Oscar maintenant.

— Pan! deux pouces, j'ai gagné.

— Ma revanche?

— Je te la donne.

— Pan! un pouce.

— A moi, pan! six pouces. (Grands éclats de rire.)

— Manche à manche. A la belle!

— Accepté.

— A moi... Pan!

— Touché.

— A moi... Pan! j'ai perdu.

Puis c'est au tour d'Anatole ou de Ludovic, puis à celui d'Ernest ou d'Émilien, et la nappe et les collerettes sont en lambeaux, les fourrures en miettes, les dentelles en charpie, l'estomac plein, les goussets vides.

Mais le jour est brillant, brillants aussi sont les yeux, brillante a été l'orgie; les voitures stationnent là, surveillées par dix cochers transis de froid.

On fouette, on part, on arrive, on tombe sous la main puissante de la fatigue, et quelques jours après, Anna, ou Clémence, ou Berthe, ou Antonia, écrit un billet ainsi conçu :

« Très cher, j'irai te voir demain si mes fournisseurs m'en donnent le temps, si ma marchande de modes m'apporte le délicieux chapeau que tu commandas lundi dernier. Tâche de ne pas me gronder, tu sais si je t'ai toujours donné de bons conseils, tu avais une tête si déréglée! Enfin, j'espère que cette

leçon te corrigera et que tu seras plus sage
à l'avenir.

« A propos, Charles vient me voir plus
souvent que de coutume, mais tu me connais, je lui tiens rigueur. Croirais-tu qu'il
a eu l'audace de m'envoyer un portefeuille
avec dix billets de banque? Quel être! Je
l'attends, j'ai hâte de le revoir pour les lui
jeter à la face.

« Toute tienne,

« ANAÏS. »

Et pour suscription : A M. Gustave G...,
maison de plaisance, rue de Clichy, Paris.

Hélas! hélas! tout se gâte, tout se flétrit,
tout succombe, tout s'efface sous le frotte-
ment du temps et de la civilisation. Ainsi ont
péri Ninive, Babylone, Carthage, qui fit
trembler Rome, Thèbes, aux cent portes;

ainsi disparut la bibliothèque d'Alexandrie ,
ainsi Herculanum dort aujourd'hui sous les
cendres qui lui ont servi de base... Ainsi la
vieille Régence s'en est allée, et à peine en
reste-t-il aujourd'hui quelques débris flot-
tants et rouillés.

Écoutez M. de Prony, le célèbre mathé-
maticien, qui m'a conté la petite histoire
suivante avec une naïveté d'enfant.

Il habitait un des quartiers les plus populeux et les plus malsains de la capitale, aux
alentours de la place Maubert. Tous les ma-
tins il descendait quand le jour commençait
à monter jusqu'à lui, et il était rare qu'il ne
trouvât point sur ses pas un vieil homme et
une vieille femme, bras dessus bras dessous,
cheminant lentement et portant, l'un de la
main droite, l'autre de la main gauche, un

hareng-saur pendu à un fil : c'était le dîner de ces braves gens, qui dataient de la Régence, qui s'étaient enivrés de leurs somptuosités et que les révolutions avaient ruinés *des pieds à la tête*, comme dit le peuple dans son pittoresque langage.

Depuis quatre ans, M. Prony assistait pour ainsi dire quotidiennement au régal des deux époux octogénaires, et comme ils avaient l'un et l'autre un grand air de dignité dans leur infortune, il n'avait jamais osé leur offrir le moindre témoignage de son estime et de son intérêt.

Prony fit une absence de quelques mois pour une inspection scientifique. Il revint à Paris et reprit son logement et ses habitudes ; mais quelle ne fût pas sa douleur lorsqu'en redescendant pour la première fois son escalier en colimaçon, il vit la vieille femme seule cramponnée à la rampe de fer, mais ne tenant cette fois qu'un seul hareng à sa main droite. L'âme déchirée, il allait réciter le dévot et triste *de profundis*, lorsqu'il se heurta dans l'ombre avec un corps inaperçu.

— Pardon, monsieur, lui dit une voix tremblottante, ne descendez pas encore, attendez un instant.

— Pourquoi cela, je vous prie?

— C'est que vous m'empêcheriez de dîner.

— Je ne comprends pas.

— Ah! c'est que vous écraseriez peut-être un beau hareng-saur que je viens d'acheter et que j'ai laissé tomber par mégarde.

— Je vais vous aider, dit M. Prony avec un touchant empressement.

Le savant professeur chercha de la main

plus encore que des yeux le dîner du lion de la Régence ; il le trouva enfin, et, en le remettant au vieillard, il lui dit d'une voix émue :

— Ma foi, monsieur, le petit service que je vous rends vous porte bonheur, car voilà auprès de votre hareng une bourse bien garnie que vous devez avoir aussi laissé tomber ; à en juger par le son, c'est de l'or.

— Cette bourse ne m'appartient pas, répondit l'inconnu, et je crois vous deviner.

— Vous ne me devinez pas, et vous devez me croire, car je dis vrai. Gardez cette bourse, je vais faire afficher que nous l'avons trouvée, et si le propriétaire se présente, nous la lui rendrons.

— A la bonne heure comme cela.

L'homme de la Régence garda la bourse.

Deux mois après, la justice fit enfoncer sa porte parce que, depuis quarante-huit heures, ni lui ni sa femme ne s'étaient montrés dans la rue. On entra... Les deux époux étaient morts de faim, et la bourse intacte se trouva sous leur chevet.

La probité dans la misère est plus qu'une vertu... mais alors que notre langue s'enrichisse d'un mot nouveau.

DINER HORS BARRIÈRE.

XVII

Diner hors barrière.

—Femme, viens-tu?

—Où donc, mon homme?

—Là-bas.

—T'as donc pincé des sonnettes?

—Pas mal, et du cuivre avec.

—Nous entamerons le cuivre.

— Et un tantinet les pièces blanches.

— Tope. Mais il n'est pas encore l'heure.

— Qui te l'a dit?

— L'ognon de la portière.

— Bah! il retarde toujours cet ognon; et puis on bombance à toute heure.

— Mais, vois donc comme il tombe du liquide de canards.

— Nous le noierons dans l'liquide de Bacchus.

— Tes sonnettes?

— Les v'là.

— Ta veste d'dimanche?

— La voici.

— En route; mais pas d'bêtise : tàchons de revenir.

— Faut bien; j'ons de l'ouvrage demain

avant l'jour, et quand l'ouvrage est bonne, faut s'en donner.

— Dis donc, si nous allions au *Grand Saint-Martin*? il y a de la socilliété choisie.

— C'est là ousque nous nous dirigeons.

— Prenons nous l'omnibus?

— T'es folle! une chopine vaut cent fois mieux; et puis, pourquoi donc qu'on est malhonnête envers le sesque?

— Comment l'entends-tu?

— C'est vrai ça, ils font des hominibus qui écrasent les pavés et les passants, et ils n'ont pas imaginé une seule femminibus dans tout Paris. J'en écrirai au gouvernement.

— Moi, je ferai ma croix à la pétition.

— C'est dit : en route.

Le couple heureux se dirige vers la bar-

rière de la Villette, en fredonnant de vieux
ou de nouveaux couplets achetés *gratis* au
joueur d'orgues, moyennant le canon avalé
chez le marchand de vin du coin. Ils marchent droit cette fois, bien droit, ne zigza-
guant sur aucun trottoir, ne coudoyant aucun passant, ne se heurtant contre aucun
équipage!... C'est l'homme dans toute sa
force, c'est la femme dans toute sa virilité,
ce sont deux personnages dans tout leur bon
sens. Attendez, attendez.

La barrière est loin, bien loin. Ils arrivent soufflants, suants, haletants et s'annon-
cent au chef de la maison.

Le jardin est vaste, aéré; partout des allées boueuses, partout des tonnelles bruyan-
tes, des tables noires, des bancs inégaux et
un parfum de lie qui vous monte à la gorge.

La joie est là, mais une de ces joies qui brûlent l'imagination, qui creusent le cerveau, qui soulèvent le cœur. Ici, la caresse ressemble à une menace, la parole d'amitié à une colère, le serrement de main à une convulsion, le regard d'amour à un éclair, la déclaration à un roulement de tonnerre. Ici, on se parle à l'oreille comme si on voulait ébranler l'espace, et si les verres remplaçaient la timbale, le sol serait jonché de débris.

A la vérité, vous voyez quelques mirliflors du même étage, dans ces réunions bachiques, de ces hommes exceptionnels qui vont partout, et qui, se posant là, font l'admiration des uns et le mépris des autres.

Mais c'est l'exception.

Ceux-ci demandent des verres au lieu de

gobelets, ils prennent du vin à douze, appellent leur compagne mademoiselle, ma sœur ou madame mon épouse, et donnent un sou pour boire au garçon : ce sont les Rothschild de la barrière. Ils ont jabots et boutons en métal; respect à eux, silence sur la dignité : d'autres tableaux nous appellent, écrivons l'histoire générale des hommes.

— Petit! des choux; veux-tu des choux, mon chou?

— Va pour des choux, mon homme; et puis, qu'est-ce que nous demanderons? car faut s'en donner.

— Oh! à pleins bords; puis nous prendrons... des choux...

— C'est ça, j'en ravalerai encore : c'est si bon des choux avec du lard.

— Petit! chopine.

— V'là, père Michaud, mais prenez garde, il tape sur la tête.

—N'fais pas ta tête toi-même et sers-neus frais ; not' femme veut s'humecter cossu.

— Oui , mais je ne tiens que deux pintes.

— Allons donc! le dimanche, quand il y a des sonnettes, on devient éslatique.

— C'est bon , qu'on apporte ; mais j'voudrais avoir le liquide tout de même.

— Et de quoi, avec le liquide et les choux ?

— Du gruillière.

— Petit ! du gruillière.

— V'là, père Michaud.

Ici un quart d'heure de silence, pendant lequel les époux Michaud ne jouent que de la mâchoire ; puis, bien lestés, ils continuent :

— A propos, petit, qu'est-ce que c'est ces

deux mirliflors qui mangent si bien à c'te table?

— Gn'y'en a qu'un.

— Gn'y'en a deux, j'les vois ben.

— T'as raison, mon homme, et j'crois même qu'y'en a trois.

— Du tout, époux, gn'y'en a qu'un; vous y voyez double et triple.

— Possible; chopine.

— Je vous l'ai dit, il tape dur.

— J'vas taper plus dur, moi, si tu ne t'hâtes davantage.

— Suffit.

— Femme, te rappelles-tu la chanson de l'aut' soir, à l'*Arc-en-Ciel* du Mont-Pernasse?

— J'crois bien, c'est Michel qui me l'a apprise.

— Tais-toi; motus sur Michel. J'veux pas

qu'on nomme ce nom-là ; il flâne autour de ma Durcinée, et j'entends pas qu'il en soit ainsi aux jours à venir.

— Tiens, tu parles bien à Toinette la rousse, toi.

— Oui, mais Michel n'est pas roux, et tu me tires là une fameuse carotte.

— J'aime pas les châtaignes ; les blonds comme toi, à la bonne heure.

— Oui, mais on m'a dit qu'il t'attendait toujours sur la brune et qu'il m'en faisait voir de toutes les couleurs.

— Est-ce qu'on peut empêcher les amoureux ?

— Oui, qu'on le peut, à preuve que v'là une giroflée à cinq feuilles que j'applique sur ta joue gauche : v'lau.

— Qui qui appelle ?

— Va-t'en, toi, ou je récidive.

— A la porte !

— A la porte le brutal qui cogne son épouse !

— Et si ça me plaît à moi d'être *cognée* ?

— Est-elle *tranchante*, la commère !

— Entre l'marteau et l'enclume faut pas mettre l'doigt.

— Faut rien mettre du tout. Femme, as-tu fini ? n, i, ni.

— Suffit. Petit ! la facture.

— Père Michaud, c'est une demi-grosse roue.

— J'entends, deux francs cinquante. Eh bien ! encore une pinte.

— Pas possible, l'municipal fait évacuer.

— L'municipal, vois-tu, c'est de la m.....

— Motus, vous iriez au violon.

— C'est égal ; l'municipal, j'n'en démords pas, c'est d'la m.....

— Qu'est-ce que c'est?

— Mon général, les municipal c'est de la... crème, et je m'en lèche les doigts.

— A la bonne heure, en route et pas un mot de plus.

Les époux Michaud sortent du *Grand Saint-Martin* avec la foule avinée, bruyante, chantante, délirante, qui avait envahi les allées, les tonnelles et les cabinets particuliers, comme on dit dans ce monde si joyeux une fois par semaine au moins.

Là, chacun se connaît ou a bientôt fait connaissance ; on entre, on se serre la main, on boit à côté l'un de l'autre, on parle de la république, du gendarme, du grand gre-

din qui doit être fait mourir bientôt, et
surtout du grand Napoléon, qui n'est pas encore mort ; là-dessus gare les ministres ! et
vous entendez discuter les plus hautes ques-
tions politiques avec un bon sens, une logi-
que, une rectitude à étonner... un habitant
de Charenton.

Cafés élégants, restaurants dorés, hôtels
somptueux, tout se perd, tout s'efface dans
cette Babylone empestée qu'on nomme Paris.

Les guinguettes seules sont toujours debout, chaudes, animées, en ébullition. Il y a
là du calme pendant cinq jours, mais le dimanche et le lundi, c'est un bruit, un brou-
haha capables de briser le tympan ; c'est une
seule voix éclatante comme mille voix ; c'est
l'oubli des fatigues passées et des craintes
de l'avenir ; c'est le bonheur de l'âme, et

vous sortez de là les poumons oppressés, mais sans dégoût, sans amertume.

Cependant, toutes ces créatures que vous avez vues dans ce jardin et dans les jardins riants qui l'avoisinent ont aussi du cœur au cœur pour d'autres joies que celles de la guinguette.

Oh! je voudrais être admis dans une de ces froides et sombres mansardes du quartier le plus populeux de la grande ville, où l'on s'aime comme on doit s'aimer, où les mots les plus étranges doivent se croiser comme des éclairs au milieu d'une tempête.

Aujourd'hui, je ne traduis que le dîner du peuple, le temps viendra pour d'autres tableaux.

Mais les époux Michaud ont quitté, comme je vous l'ai dit, le *Grand Saint-Martin,* et se sont dirigés vers la campagne, croyant aller chez eux en ville. C'est en ce moment que leur conversation est curieuse et amusante! mais comment les entendre et les suivre au milieu des zigs-zags perpétuels qu'ils décrivent dans leur course? La ligne droite est défendue à l'habitué de l'*Arc-en-Ciel* ou du *Grand Saint-Martin*, alors que la semaine a été laborieuse, alors que son maître s'est montré fidèle à lui payer son travail.

Pif, paf, pouf! père Michaud vient de s'étendre tout de son long dans le ruisseau.

— Voyons, pas d'bêtises, mon homme, j'peux pas te porter.

— Bonne nuit, Mariette.

— Ah! tu appelles Mariette. Tiens, v'là pour Mariette.

Une gifle succède à une gifle, un coup de

pied à un coup de pied, on se tape, on crie, on jure, on est poussé, repoussé, et la tête du père Michaud va frapper les carreaux d'une boutique. Le marchand de gloria sort et saisit le démolisseur avec un poignet de fer et des cris de possédé; les voisins accourent, la patrouille arrive, on arrête le coupable, on le traîne au corps de garde, on verbalise, les époux Michaud sont écroués, et, un mois après, le tribunal de police correctionnelle vide l'affaire.

— Pourquoi avez vous brisé les carreaux de vitre du nommé Bernard?

— Il en impose à la magistrature : j'ai brisé que ma tête, dont vous pouvez disposer, si elle importe au salut de l'État.

— Mais vous avez frappé du front la boutique.

— Quel front!

— Vous sortiez, avez-vous dit alors au magistrat chargé de vous interroger, du cabaret du *Grand Saint-Martin.*

— Respect à l'établissement, mon digne président, c'est pas un cabaret, c'est une guinguette.

— Guinguette, soit; vous en sortiez?

— J'en sortiais.

— Ivre?

— Saoûl.

— C'est tout de même.

— Oui, si vous prenez le sou pour livre.

— Vous êtes facétieux?

— C'est dans mon état.

— Et ivrogne?

— Oui, une fois par semaine.

— C'est trop.

— J'voudrais bien vous y voir, mon président, le vin du *Grand Saint-Martin* n'est point baptisé, et, quand on en a avalé trois pintes, on s'en aperçoit.

— Et votre femme?

— Elle ne tient que deux pintes et demie; vous pouvez l'essayer. — Du reste, elle n'a pas cassé de vitre, elle, et j'espère que vous lui rendrez la justice que méritent ses hautes vertus. Vive le roi! — Femme, crie Vive le roi!

— Les émeutes sont défendues. Je ne crie rien du tout.

— Femme Michaud, seriez-vous par hasard républicaine?

— C'est pas par hasard que je la suis, mon révérend.

— L'affaire est instruite.

« Attendu que deux carreaux de vitre ont été brisés la nuit par le nommé Michaud, dans un état complet d'ivresse, le renvoyons de la plainte et condamnons sa femme à trois mois de prison. »

ères Provençaux. — Café Véfour. — Restaurant
de Londres. — Périgord. — Biffi. — Broggi. —
Café Voisin. — Pétron. — Vachette. — Parly.
— Cadran Bleu. — Vendanges de Bour-
gogne. — Banquet d'Anacréon.
— Lambert. — Letière. —
Passoir.

—

XVIII

rères Provençaux. — Café Véfour. — Restaurant de
Londres.—Périgord.—Biffi.—Broggi. —Café Voisin.
Pétron.—Vachette. — Parly.—Cadran Bleu.—Ven-
danges de Bourgogne. — Banquet d'Anacréon.
— Lambert. — Letière. — Passoir.

Pardon à ceux que j'oublie dans ce petit
ivre, itinéraire important des gourmets et
les gourmands de toutes les capitales du
monde civilisé, c'est-à-dire du monde où l'on
dine, de celui surtout où l'on sait dîner.

Pardon , cordons bleus oubliés ou ignorés
du pauvre aveugle qui n'a pu se faire conduire partout et dont l'estomac d'ailleurs est
façonné à toutes les privations comme à toutes les sauces, comme à tous les empoisonne-
ments.

Rien ne ressemble à un honnète homme
comme un fripon , rien ne ressemble à une
coquette comme une prude, rien ne ressemble à un savant comme un sot , rien ne ressemble à un Chinois de Canton comme un
Chinois de paravent, rien ne ressemble à un
bon restaurateur comme un restaurateur délicieux ; mais en revanche rien ne diffère d'un
Véry comme une gargotte. Véry est mort,
vive Véry ! Véfour n'a pas dégénéré et le voi-
sinage ne lui a fait aucun tort. On va chez
Véfour, on y retourne, la maison ne mourra

qu'avec les bons appétits : vous voyez qu'elle est éternelle.

Voici le restaurant de Londres, c'est de l'aristocratie par les manières et par le goût. On dirait comme un salon du noble faubourg ; on s'y parle à voix basse, et Paris vient à ce magnifique établissement parce que, tout britannique qu'il est par le titre, l'élégance et le confortable s'y trouvent réunis dans les vins, dans les mets et l'exquise politesse des maîtres du lieu.

Sic transit gloria mundi. Le restaurant du Périgord est tombé un jour ainsi que le colosse de Rhodes. Rien ne nous dit que la tête du Mont-Blanc ne se trouvera pas après bien des siècles au niveau de ses pieds ; j'ignore si les beaux salons du Périgord se sont rouverts. Si oui, allez-y sans crainte, pour peu

que le successeur nouveau tienne à conser-
ver la réputation passée de la maison.

On dîne en plein air, sous de hauts ber-
ceaux, chez Pétron, boulevard Montmartre.
On y dîne aussi dans des cabinets silencieux.
Tout cela est bien sans doute, mais moins bien
encore que les mets délicieux qui vous sont
servis avec une vélocité à faire peur à la va-
peur. Une grande fortune attend le chef de
ce restaurant modèle qui ne craint aucune
rivalité. Si j'avais tout l'argent que j'y ai dépensé, je l'y dépenserais encore. Il est des
souvenirs d'autant plus vivaces que l'estomac
et le cœur les gardent à la fois.

Tout le monde dit qu'on est très bien chez
M. Vachette, au coin du faubourg Montmartre; il est impossible que tout le monde ait

tort. J'irai au premier jour ajouter ma voix à la voix publique.

Le Banquet d'Anacréon, en face de la Porte-Saint-Martin, m'a souvent reçu lorsque j'allais m'égayer aux horreurs du boulevard du crime, et il m'est arrivé de me diriger vers l'Ambigu ou la Gaîté afin d'avoir l'occasion de faire une halte au restaurant que je vous signale. Je vous défends de me donner un démenti si je vous assure qu'il faut classer cette maison au rang des plus distinguées de la capitale. Et puis trois entrées ! On s'y rencontre par hasard et cependant on s'y attendait. Les cabinets y sont sans écho.

Plus loin, mais bien plus loin, est l'historique Cadran-Bleu. On y dîne bien sans doute, on y dîne même très bien ; mais il me semble que la carte y est trop collet-monté.

Il ne faut aller là qu'avec de l'or dans sa bourse, les pièces de cinq francs y sont à peine connues.

Passez le canal et entrez aux Vendanges de Bourgogne, mystérieux témoin de tant de confidences intimes. Cela est grand, digne, cela vaut sa réputation. Il est honteux à tout gastronome de ne pas s'être assis dans les salons de ce restaurant-monstre où a lieu aussi, aux époques de la folie, le brillant bal *Chicard dont auquel* nos ancêtres ne croiraient pas.

Broggi et Biffi. — Vous connaissez Rome, Naples, Florence, Venise, Milan et Gênes si vous avez visité ces deux restaurateurs rivaux, l'un petit, grêle, rue Richelieu, l'autre grand, aéré, en face de l'Opéra. Presque tous les mets se terminent en i. Demandez des iiii,

vous serez servi selon votre goût, du maca-
roni-pastici, et serez bardé jusqu'au *gosieri*,
car tout y est *deliciosi*, en vérité je vous le
dis, mes *amis* de *Paris*.

Encore un i. C'est Parly, presque sur la
place du Palais-Royal. L'escalier en est rapide et tortueux, mais le service droit et tout
d'une pièce. L'incendie du Vaudeville n'a pu
tuer la réputation de Parly : renversez si vous
le pouvez à coups de poings la colonne Vendôme.

Vous trouvez au coin de la rue Neuve-du-
Luxembourg et Saint-Honoré le café-restau-
rant Voisin. Il n'y a pas un gastronome dans
la capitale qui ne voulût être voisin de ce
voisin-là ; il n'y en a pas un qui se refuse à
une longue course pour arriver à l'heure où

l'on dîne. Triomphe sans contesté des soles
normandes.

Lambert est le successeur de Risbec. Vous
le voyez trônant en face de l'Odéon et du célèbre café Voltaire. Je ne vous conseille pas
d'y aller une fois si vous ne voulez pas y retourner.

Si vous êtes riche, très riche, immensé-
ment riche, allez dîner chez Letière, au
coin de la rue Rivoli et de la rue Castiglione.
Je n'y ai pas vu un seul homme en blouse et
en sabots. C'est que les hommes en sabots et
en blouse n'ont jamais entendu parler de
cette maison princière, où va s'épanouir l'o-
pulence.

Le Véry du quartier du Temple, celui où
se donnent rendez-vous les artistes dramati-
ques, s'appelle Passoir. — Singulier nom

pour un restaurateur. On dit qu'on y est bien et que les matelottes y sont délicieuses. N'importe, la route est longue de chez Passoir à la Maison Dorée.

Ma mémoire, mon ingrate mémoire, ne recueille plus de noms illustres dans l'art culinaire. Je demande grâce à ceux que j'oublie dans ces pages; et puis mon éditeur m'assure que le livre est presque au complet. Servez chaud.

DINER DU POÈTE.

XIX

Dîner du Poète.

Ce dîner est toute une histoire , tout un
drame, toute une vie. Il a été acheté par bien
des insomnies, bien des rêves de gloire, bien
des amertumes et des déceptions , il a brûlé
la tête, brûlé le cœur, il a torturé, mais il a
consolé aussi de la trahison , il a fait la fleur

plus parfumée, le ruisseau plus limpide, le ciel plus beau, l'horizon plus riant.

Le long, l'immense, le splendide dîner dont je veux vous parler a été magnifique jusqu'au délire et sombre comme la tombe, il n'a pu être dressé que pour une classe d'hommes privilégiés, pour ceux-là seuls qui rêvent d'avenir, de renommée.

Et ne croyez pas que ce dîner soit un dîner exceptionnel, une catastrophe isolée : non, non, car vous ne savez pas, vous qui vous abritez dans vos salons, où s'étale le luxe, ce qui se passe là-haut sur vos têtes, dans la mansarde silencieuse où râlent la faim et le désespoir.

Écoutez mon histoire... c'est une histoire vraie depuis le premier feuillet jusqu'à la

dernière page, depuis le premier soupir jusqu'à la dernière agonie.

Il s'appelait André, sa mère était infirme,
pauvre; son père était mort; il avait une
sœur fort jeune encore qui cousait et brodait
pour faire aller le ménage. Il suivait, lui,
les leçons du professeur qui lui enseignait ce
qu'il savait, c'est-à-dire peu de chose, et qui
voulait le forcer à désapprendre ce que nous
tenons de Dieu seul.

André était poète, poète par la forme, par
la pensée, comme il le fut bientôt par le malheur, et il l'avait déjà éprouvé dans un âge
où toute parole affectueuse est une vérité,
où tout serrement de main est une tendresse.
Ses amis se cotisèrent et lui dirent :

—André, tu souffres parmi nous et nous

souffrons aussi de tes douleurs. Toujours le premier de la classe, tu dois nous débarrasser de toi, qui nous enlèves tous les prix, et si nous tenons à te renvoyer de notre collége, ce n'est pas au moins parce que nous ne t'aimons pas. Hier un conciliabule secret a eu lieu, il n'a été question que de toi, et voici ce que nous avons arrêté. Tu vas t'en aller à Paris; là seulement tu te feras une réputation, une renommée; d'ici nous apprendrons tes succès, ta gloire, et nous tendrons une main secourable à ta vieille mère, à ta jeune sœur.

— Oh! oui, répondit André, le cœur épanoui à l'espérance, je rêve de Paris, de renommée. Hélas! comment y arriver? il y a loin d'ici là-bas, le froid est rude, mes vêtements peu protecteurs.

— Nous avons songé à tout cela et à d'autres choses encore.

— A quoi donc?

— A ta sœur, à ta mère.

— Mais vous voulez donc que je vous bénisse !

— Nous voulons que tu nous aimes et que tu arrives ; or, nous nous sommes cotisés, nous avons gardé depuis deux mois notre pension de chaque semaine et nous avons réuni 350 fr. ; les voici.

— Avec 350 francs on fait le tour du monde.

— Avec ça on va à Paris, on écrit, on se fait connaître, on a un nom.

— Oh ! je veux un nom, mes amis.

— Va dire adieu à ta mère, et bon voyage.

— Je vais lui écrire ; si je la revoyais, je

ne partirais pas, car avant la gloire, on aime sa mère.

— Ce n'est pas une séparation, c'est une absence.

— Oh! je serai utile à ma mère, à ma sœur; je pars, adieu, mes amis.

— Adieu, poète!

Rien ne rapetisse ou ne grandit comme la comparaison. André en arrivant dans la ville immense où tant de passions fermentent dans tant de cœurs, se crut perdu au milieu du tourbillon. Le découragement le prit à la gorge; mais la voiture faisait crier le pavé, il n'eut point de parole pour dire Arrêtez! et il sillonna, frappé de vertige, ces rues si allongées qui devaient, selon ses premières espérances, retentir un jour de son nom glorieux.

On arriva, on prit une modeste chambre dans un modeste hôtel, il marchanda le prix : il comptait déjà avec ses ressources, et le poète perdit un peu de sa poésie.

La nuit se passa sans sommeil ; le lendemain matin il se leva et parcourut la ville, demandant à chacun le quartier le plus triste, le plus pauvre ; là encore il trouvait de magnifiques monuments qu'il saluait avec respect, là encore il alimentait le feu sacré qui le dévorait.

L'histoire des monuments est celle des peuples, André le savait ; il cherchait une épopée dans sa tête de feu et il la trouvait comme premier échelon à sa renommée.

Pauvre poète ! il venait de s'arrêter en face d'une boutique en plein vent de bouquins poudreux. Son poème était fait, bien fait ; il en parcourut les pages avec avidité.

L'écrivain, le penseur, le philosophe, s'était éteint dans les plis de la Seine, qui se déroulait sous ses pieds.

André pourtant écrivit en rentrant chez lui. Ce n'était ni un dithyrambe, ni une élégie, ni des strophes, ni une épître, ni une satire... C'était du désordre, un chaos, quelque chose d'étrange, de fantasque, qui n'avait point de nom, un rien, un tout qui devait plaire peut-être par sa bizarrerie, qui devait occuper à coup sûr.

André se présenta tout d'abord à un bureau de journal, le front pâle, la parole mal assurée, le regard sans animation.

— Monsieur, pardon, je prends la liberté de soumettre une page à votre jugement.

— Une ode ?

— Non.

— Une satire?

— Non.

— Une... quoi?

— Un rêve.

— J'entends, un caprice. Est-ce de la prose?

— Des vers.

— Qui fait des vers aujourd'hui?

— Hugo, Lamartine, Barbier, Delavigne, Berthaud et mille écrivassiers vous éclaboussant dans la route.

— Votre nom, s'il vous plaît?

— André.

— Ce n'est pas un nom.

— Je cherche à m'en faire un, monsieur. Voltaire un jour ne s'appelait pas Voltaire. Milton, Racine, Molière, ont dû s'en créer un,

— Diable! diable ! de l'enthousiasme !

— Pas encore, monsieur, mais je ne puis prononcer les noms des grands hommes sans qu'ils me remuent jusqu'au fond des entrailles.

— Cela est bien , très bien , mais voyons votre *chose*.

— La voici, monsieur.

Le journaliste prit le papier, le parcourut d'abord avec indifférence, rapidement, puis s'arrêta, pesa les vers, les mots, les syllabes, ses yeux parlèrent, son front se dérida. — Le cœur d'André battait à briser sa poitrine.

— Demain, monsieur, votre *rien*, qui est quelque chose, paraîtra dans mon journal.

— Oh ! merci, merci !

— Vous savez, les premiers articles ne se paient pas.

— Je suis votre débiteur, monsieur, peut-être m'acquitterai-je un jour.

— A demain.

— A demain.

Les vers parurent, ils furent lus, on en parla... Le surlendemain on n'y pensa plus, l'attention publique était absorbée par une course de chevaux. Qu'est-ce que la gloire?

Je ne vous dirai pas la vie d'André le poète au milieu de ce monde corrupteur et corrompu, qu'il voyait sans le comprendre, qu'il étudiait sans l'expliquer. Quelques hommes distingués lui avaient tendu une main amie, on récitait sa poésie, on le caressait: ce n'était pas là ce qu'il avait rêvé. Il se brisa le front contre les obstacles; il chercha

une autre poésie, celle des émotions. Il son-
gea de nouveau à sa petite ville, qu'il avait
presque oubliée, à ses amis de là-bas, qui
l'avaient félicité de ses premiers succès. André le poète était comme les météores errants
qui jettent un vif éclat de lumière et laissent
le monde dans les ténèbres.

La poésie d'André était toute de cœur, et,
comme elle venait de *passer de mode*, on
n'en voulut plus. Dès lors le poète ne fut
guère poète que par la pensée; son énergie
s'épuisa dans les luttes, et il eut à combattre les sophismes, le sarcasme, l'ironie et le
silence, plus amer encore. Il tomba dans un
découragement mortel. Trop grand, trop
généreux pour se plaindre, il écrivait à ses
amis de là-bas que son repos était un point
d'arrêt pour la méditation, qu'il se bâtissait

un magnifique édifice, que bientôt ils enten-
draient parler de lui.

Hélas ! encore une fois les journaux parlèrent d'André ; le lendemain, tout fut muet
autour de sa demeure et dans ce monde où
il voulait une place.

Il descendait un jour son cinquième étage,
les yeux rouges, les joues caves, le cœur op-
pressé ; il venait d'écrire à ses amis, de leur
adresser un dernier adieu, et il mesurait dans
sa pensée la distance qui le séparait du fleu-
ve... Une jeune fille montait poussant des
sanglots à briser l'âme.

— Vous souffrez, mademoiselle?

— Horriblement, monsieur ; je viens de
perdre un frère, un ami que le ciel m'avait
laissé.

— Et moi, je viens de perdre ma mère, la seule femme au monde que j'aie aimée.

— Pauvre jeune homme !

— Pauvre jeune fille !

— Où allez-vous, monsieur ?

— Pleurer et prier sur le pont d'Auster-litz, le plus solitaire de Paris. Et vous ?

— Je loge bien haut, moi ; ma porte tou-che à la vôtre, et je ne voulais plus descendre ce long escalier.

— Mais le suicide est un crime !

— Vous alliez vous faire criminel.

— C'est qu'on n'a qu'une mère.

— Je n'avais qu'un frère, moi, et ma mère est morte depuis long-temps.

— Prenez ma main, le voulez-vous ? en-trez chez moi, j'ai là une grande protectrice, le portrait de ma mère. Votre infortune est ma sauvegarde, et je n'ai plus d'âme que pour la douleur...

. . . .

. . . .

Six mois après cette rencontre si doulou-reuse, un jeune homme montait encore l'es-calier tortueux que vous connaissez, et tenait en ses mains non une plume, non un livre, mais un grand papier enveloppant... des pommes de terre frites. O poésie !

Silence donc ! la poésie c'est la misère, c'est le malheur, et André est plus poète aujourd'hui que par le passé.

Il entrait en ce moment dans la chambre de Louise.

— Dors-tu ?

— Méchant, qui profites de mon sommeil pour faire ma besogne.

— Tiens, voilà pour te punir de ton reproche.

Et un baiser, je me trompe, deux baisers retentirent assez bas pour que deux êtres seuls, bien rapprochés, pussent les entendre.

— Allons, debout, madame la Paresseuse.

— Tiens, j'ai veillé jusqu'à une heure.

Deux nouveaux baisers bruirent dans la chambre du sixième étage. Était-on plus heureux au premier?

— Qu'as-tu apporté, André?

— Ce que tu aimes, des pommes de terre frites.

— Dieu! qu'elles sont rousses! c'est de l'or.

— C'est mieux que cela, c'est la santé.

— Vivons.

Le couvert fut bientôt dressé : un tablier
noir tout usé, tout rapiécé, tout troué, servit de nappe ; les doigts tinrent lieu de four-
chettes ; un canif et un passe-lacet complé-
tèrent le service alors que le régal devenait
trop ardent au toucher.

Dites, n'est-ce pas de la poésie un dîner
pareil, avec un appétit à trouver bons et délicats les galets du rivage... Et puis, il fallait
entendre ces douces paroles sortant du
cœur, ces apostrophes au destin, ces expressions naïves jetant la joie à l'âme comme
un bouquet à une fiancée ! Il fallait voir
ces regards empreints de tendresse et hu-
mides encore des rapides heures d'une causerie intime ! Oh ! tenez, donnez-moi une
compagne comme Louise, car j'ai un cœur
comme celui d'André ! Jetez à ma prunelle

morte un rayon de jour qui la ravive, et laissez-nous elle à moi, moi à elle, dans un désert, dans une mansarde planant sur une rue obscure, ignorée des riches et des égoïstes, et je vous abandonne les tables somptueuses où vous épuisez une vie qui veut d'autres épanouissements pour rester longue et riante.

Une année venait de passer sur André le poète et sur Louise la couturière. Le premier portait des vers, ou plutôt des rimes, aux feuilles quotidiennes. Louise brodait des manchettes, des bouts de cravate, pour des maisons qui la payaient avec exactitude sinon avec générosité; la gloire avait été échangée pour le bonheur.

Quand l'ouvrage *avait donné*, on variait le festin : c'était une crème, un demi-poulet croustillant, et, Dieu me pardonne, je crois que le couple sybarite se permettait quelquefois aussi la fine douzaine d'huitres avec un citron, utilisé plus tard pour ranimer les couleurs éteintes des doigts effilés de la petite gourmande.

Mais quel bonheur est éternel? quel horizon est sans nuages? quelle jeunesse sans tempête? Louise fut malade, et il fallut qu'elle souffrît beaucoup pour oser se plaindre et garder le lit. Pauvre fille, elle n'avait plus de force, plus de regard, la fièvre devenait chaque jour plus ardente, et André souffrait encore plus que Louise. Pourtant il travaillait; un journal lui avait demandé des chansons gaies, folles, et, qui le croirait! la maladie de sa Louise lui venait en aide pour ses heureuses inspirations.

Pauvre André! que de tortures dans la joie!

La mort n'est pas toujours boiteuse : elle escalade vite les mansardes ; ses pas ne sont lents que pour arriver au premier étage, et elle ne ressemble en rien à la vie qui s'épuise à monter. La science consultée venait de dire son dernier mot. Le soir un dernier adieu fut dit aussi : une âme venait de monter au ciel.

André avait promis une chanson ; la chanson fut achevée, car il fallait une bière à Louise. Il sortit et rentra ; puis du silence!

Il écrivit d'une main ferme :

« On ne m'a payé que pour l'achat d'une bière; qu'on la donne à Louise. Voudrait-on me la donner aussi? Oh! je prierai bien fort l'Éternel pour l'âme pieuse qui ne séparera point Louise d'André. Nul ne doit être accusé de ma mort ; je fais aujourd'hui mon dernier repas de poète. Il faut si peu d'arsenic pour tuer un homme !..... mille fois moins que de pain pour le faire vivre ! »

Le lendemain on enfonça la porte de la chambrette. Deux cadavres ! L'un se dirigea dans une bière vers le champ du repos..... l'autre vers un amphithéâtre où l'on prononça ces terribles paroles :

« Mort de faim ! »

L'arsenic avait tué un cadavre.

Ne dites pas que cela est impossible. Le mouvement n'est pas toujours la vie.

www.ingramcontent.com/pod-product-compliance
Lightning Source LLC
Chambersburg PA
CBHW071803020726
47502CB00004B/993